www.tredition.de

AF216867

Birgit Herwig

# Ein Klavierkonzert mit Folgen

# Amore

## LIEBE MACHT FREI

*Das bestätigt auch
Deutschlands Playboy Rolf Eden,
der die Frauen liebt*

www.tredition.de

© 2014 Birgit Herwig

Umschlaggestaltung: Birgit Herwig
© Bildrechte: Rolf Eden, Berlin (Privatarchiv) – Nutzung mit freundlicher Genehmigung von Rolf Eden
© Bildrechte Autorenfoto: Birgit Herwig (Privatarchiv)
Lektorat: Corinna Podlech, Hamburg

Verlag: tredition GmbH, Hamburg
ISBN: 978-3-8495-7808-4
Printed in Germany

Bibliografische Information der Deutschen Nationalbibliothek:
Die Deutsche Nationalbibliothek verzeichnet diese Publikation in der Deutschen Nationalbibliografie; detaillierte bibliografische Daten sind im Internet über http://dnb.d-nb.de abrufbar.

# Vorwort

Wir wissen nicht, was im nächsten Moment passiert. Vielleicht ein Flugzeugabsturz, oder ein LKW, der nicht früh genug bremsen kann, ein Erdbeben in der Familie.

Wir alle wissen auch nicht, wie unser Schicksal bestimmt ist, wann holt es uns?

Ich begegnete meinem Schicksal beim Klavierkonzert und damit kam meine Lebensfreude zurück, zum Glück.

Doch eines wusste ich nicht, dass es Männer gibt, die nicht wissen, wie sie eine Frau auch außerhalb des Bettes glücklich machen. Aber am Ende siegt doch immer die **Liebe und guter Sex.**

… er bringt mich durch den Park zum Bus, es ist dunkel, aber eine Lampe hängt über dem Fahrplan. Wir küssen einander und berühren uns, wie Teenager.

Ein junges Mädchen auf dem Rad kommt auf uns zu und ich sage aus Spaß: *„Vorsicht, dass könnte meine Enkelin sein, wir Alten sind deren Vorbild"*, denn seine Hände waren unter meinem Cape verschwunden und beide waren wir erregt, mitten auf einer befahrenen Straße.

Meine Hose, hauchdünnes Leder, ich spürte sein Streicheln. Es hätte nicht viel gefehlt und wir wären im Wald verschwunden. Aber ich bin ja vernünftig, zumindest auf der befahrenen Straße.

### Amore

*Mach die Augen auf*
*Verschließ dich nicht*
*Dann wirst du alles Schöne sehen*

Glück und Leid und wieder Glück oder wieder Leid,
oder am Ende vielleicht doch guter Sex?

*Sex tut immer gut*
*Du weißt, die Erinnerungen bleiben ewig*

# Inhaltsverzeichnis

The Straight Story ist ein Drama mit Happy End.
Manchmal kommt es anders, als man denkt …

# Eine wahre Geschichte im Herbst 2013

Was ist ein Tagebuch? Das sind Gedanken, die man mit sich herumträgt und meist niemals ausspricht - und das ist auch gut so.

In dieser wahren Geschichte geht es um eine frische Liebe, die das Schicksal zusammengeführt hat. Aber nicht alles läuft reibungslos ab, das wäre ja auch zu schön. Aber wer hat gesagt, das Leben ist nur schön? Nein, das Leben kann auch sehr anstrengend sein, aber oft ist das gar nicht nötig. Menschen machen sich das Leben meist selber schwer.

So auch das typische Beispiel in dieser Liebesgeschichte und dass die Liebe abhängig machen kann, schneller als man denkt. Da gibt es Vorsätze, an die man sich nicht mehr hält, oder Rituale, denen man nicht entfliehen kann. Aber sagt man nicht, wenn zwei Menschen sich lieben, können sie alles Schwierige besiegen? Aber das trifft nicht immer zu, denn Liebe ist keine Garantie, dass nicht doch das Glück zum Leid wird. Gehören diese beiden Widersprüche etwa zusammen? Liebe kann einem aber auch Stärke geben und man entscheidet vielleicht mal in einer desolaten Situation für den anderen mit. So eine Entscheidung kann vielleicht eine Wende nehmen für das Leben.

Wenn man nur für einen Moment zögert, kann es dein ganzes Leben entscheiden, aber wenn man Stärke bewahrt, genauso. Und eines darf man niemals vergessen, wir Menschen schweigen viel zu viel und denken in uns hinein, und manchmal einen ziemlichen Blödsinn.

Wir sollten lieber miteinander reden, reden, reden ..., oder es einfach zulassen, denn guter Sex macht frei. Deswegen ist es gut, dass man sich einfach mal so fallen lassen kann, denn ein Tagebuch ist ja eigentlich nicht für andere bestimmt. Das ist genauso wie mit dem Heulen, dass muss einfach mal raus!

Nur in ganz seltenen Ausnahmen dürfen auch andere Einsicht in ein Tagebuch nehmen, das ist aber Zeichen einer großen Vertrautheit. Oder der Autor ist nicht mehr unter uns, sein Tagebuch kann eine Menge anrichten, Geheimnisse oder stille Wünsche kommen damit zum Vorschein.

Aber wenn man ein Tagebuch liest, dann sind das ja nur Gedanken des anderen, also sollte man hinterher keine Schlüsse daraus ziehen. Und genau deshalb sollte man nicht im fremden Tagebuch lesen. Wer das doch tut, sollte sich hierüber im Klaren sein.

Die Autorin hat eine große Beziehung zu Tagebüchern, sie helfen ihr durchs Leben. Als Kind hat sie bereits ein Tagebuch geschrieben, aber ihre eigene Mutter hat darin gelesen und so manche Situation ausgenutzt, dieses erste Tagebuch wurde dann im Wald verbrannt, ein fast heiliges Ritual. Aber seither ist das Vertrauen zur Mutter gebrochen.

Wenn jemand es sagt oder nicht sagt - Privates sollte auch privat bleiben. Das muss man im Leben respektieren, in einer Familie, in einer Beziehung, genauso wie in einer Freundschaft.

Dazu gehört auch die Freude, sich für den anderen mitzufreuen, es ihm oder ihr zu gönnen. Viele Menschen sind neidisch oder so auf sich selbst bezogen, dass sie dabei fast erblinden.

Ein offenes Wort, ein großes Herz, sollten wir alle mit auf unseren Lebensweg bekommen haben. Leider bringt das Leben auch Zweifel, die einen zerstören können. Der Glaube ist das Wichtigste - Glaube und Vertrauen sich selbst gegenüber. Respektiere ich mich selbst, kann ich auch die anderen respektieren. Es wird immer Menschen geben, die anderen etwas nicht gönnen oder einfach nicht loslassen wollen, oder vielleicht den anderen in der Hand haben, weil sie Macht über ihn ausüben.

Freisein ist doch das Wichtigste, sich treu bleiben. Wir müssen an uns glauben und jeder sollte Mensch bleiben. Wenn man einen neuen Schritt geht, dann muss man auch an sich glauben, dass man das kann. Manche von uns wollen alles oder mehr. Andere wiederum legen alles ab und ziehen sich zurück von dem Leid und Glück. Mancher wird vielleicht gerettet, vor dem letzten Schritt, das nennt man dann wohl auch Schicksal oder großes Glück.

Bei mir war es wohl beides, dachte ich jedenfalls zuerst.

*Ein Blick durch die Fensterscheibe*
*Und du siehst dein Spiegelbild*
*Dann beginnt dein Traum*

Der Traum von einem nackten Männerarsch und wildem Sex. Du suchst nach einem wahren Gentleman, einem vollkommenen Mann, der noch kann.

Er soll nicht nur gut aussehen, gut riechen, er soll auch ein Gott im Bett sein. Vielleicht ein Playboy von Kopf bis Fuß?

Viele von uns haben diesen Traum aufgegeben, vielleicht weil sie zu selbstständig geworden sind.

Aber ich werde nach ihm suchen.

# Ein Klavierkonzert mit Folgen, aus Birgits Tagebuch und endlich wieder guter Sex

*Der Mann in schwarz - bringt Glück und Leid,*
*das Schicksal hält manchmal seltsame Wege bereit*

Der Herbst beginnt und wir haben einen wunderschönen goldenen Septembertag. Ich stecke voller Sehnsucht nach Nähe und gutem Sex. Geht es mir wie den Zugvögeln, ich spüre den Jahreswechsel, ähnlich wie einen Umbruch?

So lese ich das Hamburger Abendblatt und antworte auf eine Annonce unter der Rubrik „Bekanntschaften".

Ein älterer Herr glaubt, dass sei ein PR-Gag von mir, weil ich viel jünger bin. Man glaubt mir meine Einsamkeit nicht, na bravo. Trotzdem schreiben wir uns hin und her und wie ich heraushöre, liest er bereits meine Bücher. Eine Reise steht ihm bevor, danach wollen wir uns treffen.

Kurz darauf bekomme ich eine Einladung zu dem jährlichen Stipendiatenkonzert mit Empfang in Harburg. Da ich im letzten Jahr schon dort war und es mir großartig gefallen hatte, sagte ich für 2 Personen zu.

Ich fragte den Herrn, den ich über die Bekanntschaftsanzeige bisher nur per E-Mail kannte, ob er mich nach seiner Reise dorthin begleiten möchte, so wäre das unser erstes Date.

Er fand die Idee gut, aber wäre zu diesem Zeitpunkt noch nicht zurück.

*Heute Morgen noch gelacht*
*Und nicht an Morgen gedacht*

Liebe Birgit,
habe vielen Dank für Deine E-Mail. Nett, dass Du mich nicht vergessen hast, als freie Schriftstellerin hast Du sicher viel zu tun.
Für Dein neues Buch kann man Dich nur beglückwünschen und hoffen, dass es ein Bestseller wird, selbst wenn es nur 9,90 Euro kostet.
Wie vermutet, habe ich zwischenzeitlich keine Langeweile gehabt. Es gibt immer was zu tun. Was das Klavierkonzert betrifft, muss ich Dir leider eine Absage erteilen. Es wäre eine passende Gelegenheit gewesen, uns näher kennen zu lernen. Aber ich bin erst Anfang Oktober von einer Ungarnreise zurück. Aber aufgeschoben ist nicht aufgehoben. Wir können uns dann einmal über einen Treff telefonisch unterhalten.
Dein Gespräch und das Händeschütteln mit dem Dalai Lama war für Dich sicherlich ein besonderes Erlebnis. Solch eine private Reise des tibetanischen Religionsführers ist eigentlich eine absolute Ausnahme und das hat im Vorfeld massiven Ärger mit den Medien gegeben.
Liebe Grüße und bis bald
Werner

Nach dieser Absage fragte ich meine Freundin Rosa, die sehr gerne mitgekommen wäre, aber mit ihrem Freund zu der Zeit verreist.

Ich fragte zwei weitere Freundinnen, leider konnten auch diese mich an dem Abend nicht begleiten. Obwohl ich die Karten bereits bezahlt hatte, wollte ich nun absagen.

Aber bevor ich das tat, rief mich der Gästeführer für diese Veranstaltung selbst an und teilte mir mit, dass das Konzert an einen anderen Veranstaltungsort verlegt wurde.

Ich fragte ihn, da er nur eine Straße von mir entfernt wohnt, ob ich mit ihm und seiner Lebensgefährtin nach dem Konzert zusammen nach Hause gehen könnte, da ich abends nicht gerne allein unterwegs bin.

Daraufhin sagte ich zu, allerdings ließ ich ihn wissen, dass ich allein komme und er könnte meine zweite Karte gerne weitergeben.

So zog ich allein los, mit einem nicht so guten Bauchgefühl. In Deutschland ist immer alles so steif und ich wusste, dass ich ohne Begleitung war, kein schöner Gedanke.

Ich hielt mich an einem Glas Sekt fest, schaute mich ein wenig um und stellte mich dann an einen Stehtisch. Ich beobachtete die Besucher, ein Mann in schwarz fiel mir besonders auf.

In meiner Langeweile stellte ich ihn mir nackt vor, ein schöner Gedanke. Er sah sehr gut aus, interessant.

Langsam waren die geladenen Gäste alle einge-
troffen, an meinem Tisch stand ein nettes älteres
Pärchen, wir unterhielten uns.

Kurz darauf kam der Gästeführer mit seiner
Freundin dazu und dann stand der Herr in schwarz
neben mir. Wir stellten uns vor und ich hörte ihm zu,
denn er erzählte aus Dresden, wie schön es dort sei
und von seinem befreundeten Kreis aus dem höheren Mittelstand, was er betonte. Er versuchte denen
Dresden schön zu reden, die es nicht kannten und
wir hörten ihm zu. Die Freundin des Gästeführers
brachte sich in das Gespräch mit ein.

Dann erzählte er mir, dass seine Frau vor Jahren
gestorben ist und er deswegen alles verkauft hat und
in Harburg in einer Seniorenwohnanlage wohnt. Das
wurde unser Thema, denn meine Freundin aus Hamburg sucht schon länger nach einer ansprechenden
Wohnung in solch einer Anlage. Er wollte mir später
seine Adresse aufschreiben und lud mich und meine
Freundin in seine Wohnanlage ein, um sie uns zu
zeigen, auch seine Wohnung, die er als Musterwoh-
nung bezeichnete, weil er sich vom Tischler alles hat
maßgerecht einbauen lassen. Es wäre ein Wohn- und
Schlafzimmer sowie eine abgeschlossene Küche, par-
terre gelegen mit Außengrundstück.

Also flirtete ich das erste Mal mit einem Herrn aus
einer Senioren-Wohnanlage - vielleicht doch gut, dass
meine Freundin nicht dabei ist.

Das Konzert begann, ich saß zunächst allein, hatte
aber einen guten Platz. Dann kam der Mann in

schwarz und fragte, ob er sich neben mich setzen darf.

Zwei Frauen, die unmittelbar neben und hinter mir saßen, antworteten „Ja", sie würden allein sitzen.

Dabei meinte er doch mich.

Wir lauschten dem großartigen Klavierkonzert. Der Herr wirkte sehr entspannt und ruhig und gab sich der Musik hin, genauso wie ich es tat.

In der Pause gingen wir wieder zurück zu unserem Stehtisch und tranken ein Glas Wein. Er schien sehr nett und wir verstanden uns gut.

Was er nicht wissen konnte, war, dass ich innerlich sehr, sehr traurig war. Am nächsten Morgen wollte ich mit einem Trailer meinen Oldtimer nach Kassel überführen, zum Verkauf. Eine Trennung nach über 20 Jahren.

Am liebsten hätte ich mit dem fremden Mann in schwarz nach dem Konzert noch etwas getrunken, so meine Gedanken.

Und genau das passierte am Ende, er fragte mich, ob wir noch ein Glas Wein in der Lounge trinken wollen und ich stimmte sofort zu. Natürlich musste ich dem Gästeführer Bescheid sagen, dass ich noch bleibe und nicht mit zurückgehe.

Der Mann in schwarz bedankte sich bei dem Gästeführer dafür, dass er uns miteinander bekannt gemacht hat und mehr …

Das war sehr nett, aber ich verstand nicht, wusste der Herr in schwarz mehr als ich? Aber ich war so sehr mit meiner Traurigkeit beschäftigt, dass ich es hinnahm, ohne weiter nachzudenken. Ich bat ihn allerdings, mich anschließend zum Bus zu begleiten.

Er war sehr gesprächig, ich hielt mich zurück, doch bemerkte auch ich, dass wir uns außergewöhnlich gut verstanden. Er erzählte gerne und sehr viel über sich und dass er seine Kinder enterben wollte, weil sie keinen Kontakt haben.

Komische Verhältnisse, dachte ich.

Er griff nach seinem Mantel und trug einen passenden, eleganten Hut mit einer großen Krempe.

Wow, das mag ich, das gefiel mir sehr gut an ihm. Ein toller und interessanter Mann. Wir hakten uns ein, wie alte Freunde. Ich fühlte mich in seiner Anwesenheit sehr gut, so gut wie schon lange nicht mehr. Es war ein schöner Abend. Er wartete noch lange, bis mein Bus abfuhr.

Was mir blieb, waren seine Telefonnummer und seine Adresse. Auch ich gab ihm meine E-Mail-Adresse, wir wollten mal zusammen im Stadtpark laufen bzw. walken. Er würde eine Woche verreisen und sich im Anschluss bei mir melden.

Aber dann war ich selbst noch einige Tage verreist und unser Treffen musste noch warten.

Damit begann es ... ein Klavierkonzert mit Folgen.

Mitte Oktober war es so weit, wir telefonierten miteinander und verabredeten uns zum Walking im Harburger Stadtpark.

Und es kam seine erste E-Mail:

E-Mail 14. Oktober 2013 um 17:03
Betreff: *Vorfreude*
Hallo!
Ich freue mich auf unser gemeinsames Walking-Training.
Habe mein Sportzeug schon parat.
Liebe Grüße
Ulli R.

>Meine Antwort E-Mail um 23:58
>Betreff: Re: *Vorfreude*
>Habe Sie schon vermisst, freue mich auch!
>Birgit

Ich machte mir Gedanken, was meint er mit Training? Training hört sich so streng an.

Dann reiste ich zur Frankfurter Buchmesse und schickte ihm ein Foto, mit mir und meinem neuen Buch in der Hand.

>E-Mail 15. Oktober 00:34
>Betreff: *Birgit auf der Buchmesse*
>Anbei Foto

So eine Frechheit habe ich noch nicht erlebt, er küsst mich blitzartig und drückt mich fest an sich. Wir waren soeben noch zusammen durch den Wald gelaufen und im Nu steckt seine Zunge in mir, wow. Ich war sprachlos.

Aber es hatte mir gefallen, sonst hätte ich ihm bestimmt eine Ohrfeige gegeben. Dazu regnete es, aber das machte uns beiden nichts aus. Er hatte ein Handtuch um den Hals gebunden, wie ein siegreicher Boxer im Ring. Jetzt verstand ich auch das Wort Training, er nahm das sehr ernst, denn er nimmt tatsächlich oft an Marathonläufen teil. Süß und männlich sah er aus, in seinen kurzen Hosen, seiner frechen Mütze.

Wir waren fast unzertrennlich, trafen uns weiterhin zum Walking mit Kusspausen, unternahmen Spaziergänge und er brachte mir Hamburg näher. Er liebt ganz besonders die Landungsbrücken und zeigte mir sein Lieblingsrestaurant. Anschließend schlenderten wir entlang der Elbe - und laufend klingelte mein Handy. Aber jedes Mal, wenn ich das Gespräch annehmen wollte, war der Anrufer schon weg. Nach dem vierten Anruf wurde ich doch neugierig, aber ich konnte nichts mit der Vorwahl anfangen.

Ulli glaubte, dass sei Berlin und so dachte ich an einen Autoren, den ich auf der Buchmesse kennengelernt hatte, der gerne mit mir zusammen Lesungen geben wollte.

Den ganzen Tag über summte mein Handy weiter, ich hatte es auf stumm gestellt.

Am Abend, als ich wieder zuhause war, nahm ich das Gespräch an, mein Freund John aus Irland war am anderen Ende. Er wollte mich nach Irland einladen oder zu mir nach Hamburg kommen.

Ich war sprachlos, denn wir hatten uns die letzten Jahre nicht mehr gesehen. Ich war sehr oft in Irland und wir waren ineinander verliebt. John fuhr auch

Oldtimer und besaß eine Sammlung. Ich war als passives Mitglied in einem irischen Oldtimerclub. Wir unternahmen herrliche Ausfahrten in Irland. Ich war nicht nur in John verliebt, sondern auch in ein wunderschönes Haus am See, dort fuhren wir jedes Mal hin und eines Tages stand es zum Verkauf. Etwas weiter war ein Schloss, in dem Freunde von ihm wohnten, die wir oft besuchten. Johns Ehe war schon lange gebrochen, aber in Irland lässt man sich nicht scheiden, Irland ist streng katholisch. Seine Frau war in Irland geboren und John kam aus Amerika.

Eines Tages plante er, mit mir zusammen nach New York auszuwandern. Es war seine Heimat und seine Schwester lebt auch dort, sie arbeitet im *One World Trade Center*, das höchste Gebäude der Vereinigten Staaten von Amerika. Sie hat einen lukrativen Job in einem namhaften Unternehmen.

Das erinnert mich wieder an den 11. September 2001, den Terroranschlag, seiner Schwester passierte damals nichts.

Und dann ereignete sich etwas Folgenschweres in Irland. Ich war gerade abgereist, da geschah mit seinem Oldtimer ein schwerer Unfall, bei dem jemand zu Tode kam, sein Sohn war auch beteiligt. John hörte sofort auf zu arbeiten und musste sich um seine Familie kümmern, unser Kontakt brach ab.

Und gerade jetzt, wo ich mich in Ulli verliebt habe, meldet er sich bei mir. Er ist geschieden und nun frei, möchte immer noch mit mir nach New York. Ich möchte nicht, dass sich Ulli meinetwegen Sorgen machen muss und so erzähle ich nichts, unsere Affäre liegt auch einige Jahre zurück.

Aber komisch ist das schon, gerade jetzt, wo ich mich nach so vielen Jahren neu verliebt habe. Aber jetzt habe ich mich für Ulli entschieden und wünsche mir eine Zukunft mit ihm.

Zurück zu Ulli - wir zeigten uns gegenseitig unsere Wohnungen und dann passierte es.

Zunächst brachte er uns ein fertiges Mittagessen mit und wärmte es in meiner Küche auf. Ich ließ ihn dazu frei gestalten und freute mich aufs Essen. Er wollte mit mir in *Hagenbecks Tierpark*, aber ich lud ihn zum Heimkino ein, in Socken.

Wir hörten zuerst ein Klavierkonzert, dann folgte eine Espresso-Pause und anschließend schauten wir eine DVD, einen italienischen Liebesfilm mit Untertiteln. Und das alles auf meinem italienischen Sofa.

Plötzlich geschah es, wir fanden zueinander und konnten uns nicht mehr von einander lösen. Meine kostbaren Teppiche rutschten hin und her. Ich war ziemlich gehemmt und nervös. Ihm ging es genauso.

Es war schön, doch ein neues, fremdes Gefühl kam in uns auf. Wir wollten uns und unsere Körper näher kennenlernen.

So eine Art von Kino hat Ulli sicher noch nie zuvor erlebt - ich auch nicht.

Und was für ein Hintern, einfach toll.

E-Mail 23. Oktober 20:47
Betreff: *Liebe Grüße*
Es war mit Dir wundervoll. Danke.
Ich mag Dich sehr!
mfg
Ulli R.

Irgendwie klingt das aber sehr steif, im Gegensatz zu seiner Zuneigung letzte Nacht, *mfg* - mit freundlichen Grüßen, na ja.

> E-Mail Antwort 23:35
> Betreff: *Ich fühle mich wie eine Blume, die sich langsam öffnet und beginnt zu tanzen ... für Dich*
> Anbei ein Foto von mir
> Birgit

E-Mail 24. Oktober 09:23
Danke! Bild erfolgreich ausgedruckt.
Ganz liebe Grüße
Ulli R.

> E-Mail 25. Oktober 21:53
> Betreff: *Ich freue mich auf unser Frühstück*
> Der Tag ohne ein Wort war sehr lang. Ich freue mich auf unser Frühstück.
> Gute Nacht
> Birgit

E-Mail 27. Oktober 13:36

Ich danke nicht nur für das Frühstück. Ich habe den ganzen Tag Deine Zuneigung genossen.
Ganz, ganz liebe Grüße
Ulli R.

> E-Mail 28. Oktober 09:39
> Betreff: *Ich hatte einen wunderschönen Traum*
> Ich hatte einen wunderschönen Traum, ich lag die ganze Nacht in Deinem Arm.
> Kuss Birgit

E-Mail Antwort 16:58
Mein Mittagsschlaf war noch nie so intensiv wie heute.
Lieben Gruß
Ulli R.

Ulli setzt sich auf mein italienisches Sofa: Er müsse mit mir reden, weil es mit uns beginnt, mehr zu werden.

Er erzählt von einer anderen Frau, die in Dresden lebt, mit der er seit Jahren verreist und diese Reisen ein Jahr im Voraus gebucht hat. Das würde noch bis April nächstes Jahr der Fall sein.

Er wäre nicht mehr mit dieser Frau zusammen, das sei vorbei, seit April haben sie sich nicht mehr gesehen, es hätte großen Ärger gegeben, richtigen Krach und damit war es aus.

Wenn ein Ulli sagt, es ist aus, dann ist das auch so, aber diese Reisen will er nicht verfallen lassen, er hat zugesagt und wenn ein Ulli etwas zusagt, dann ist das so.

Es wäre aber nichts mehr zwischen den beiden, das sollte ich glauben. Trotzdem hat er befürchtet, dass ich Schluss mache - was ich nicht tat, denn für mich war es ein Beginn.

Also war er auch nach dem Klavierkonzert die eine Woche bei ihr, na toll.

Natürlich, er hatte ja auch nur von Dresden erzählt, ich erinnere mich an unsere erste Begegnung. Er sprach sehr viel über Dresden und seinen Kreis aus dem höheren Mittelstand, was er sehr betonte, nur die Frau erwähnte er nicht.

E-Mail 29. Oktober 23:41
Betreff: *Ich denke an Dich ...*
1. Klavierkonzert
2. Walking und der erste Kuss wie ein Reflexblitz
3. Ein Crash in mein Leben
Ich denke an Dich ...
Birgit

E-Mail 30. Oktober 06:40
Betreff: *Es möge die Sonne für Dich aufgehen*
Guten Morgen Liebster,
bin auf dem Weg nach Hannover. Ich wünsche Dir einen schönen Tag, es möge die Sonne für Dich aufgehen.
Kuss Birgit

E-Mail Antwort 07:18
Ich wünsche Dir einen wunderschönen Tag.
Der große Baumeister aller Welten möge seine
Hand über Dich halten.
Liebe Grüße
U.

E-Mail 31. Oktober 05:53
Betreff: *Ich vermisse Dich so sehr …*
Mein Liebster,
meine Gedanken sind nur bei Dir.
Ich vermisse Dich so sehr …
Deine Birgit

Sonntag 3. November, eine unvergessliche Nacht,
vollkommen! So guter Sex, einfach nur der Wahnsinn!

Nach dem Frühstück bringt mich Ulli nach Hamburg zum Busbahnhof, vorher kehren wir noch
spontan in ein bekanntes Hotel ein, gegenüber vom
Hamburger Hauptbahnhof. Große Lüster, interes-
sante Teppiche, ein schönes Ambiente, und auch ein
verlockendes Kuchenbuffet. Wir probieren ein kleines Stück Sachertorte mit zwei Gabeln, ein Hochge-
nuss, dazu ein Glas frischer, prickelnder Sekt. Irgendwie war mir so danach, Champagner wäre mir
aber lieber gewesen.

„Hierher kommen wir jetzt öfters“, so höre ich
ihn noch reden, als sei das der Beginn einer großen
Liebe.

Dann begleitete er mich zum Bus, es kam mir so vor, als sei es ein Abschied für immer. Ich konnte diesen Zustand kaum ertragen und habe ihn bereits vor der Abfahrt weggeschickt, sonst wäre ich in Tränen versunken, in dem Wissen, dass ich ihn vielleicht nicht wiedersehe.

Er bemerkte das und gab mir sein Taschentuch.

Warum muss denn auch eine andere Frau im Spiel sein, wirklich zu blöd. Wenn ich wieder zurück bin, ist er bei seiner Freundin in Dresden. Oder kommt sie zu ihm, ich weiß das schon gar nicht mehr. Er hat so viele Termine erwähnt, wie Theater, Oper, Ballett etc.

Vielleicht war das ja nur der Grund, dass ich so plötzlich abgehauen bin, als sei ich auf der Flucht, nach dieser so wundervollen Nacht. Dabei reist er doch zu einer anderen, er ist doch derjenige, nicht ich.

Abends bin ich bei meiner Freundin Gülin in Hannover angekommen. Sie und beide Töchter fragten mich, ob ich mir *Botox* habe spritzen lassen, so frisch und jugendlich würde ich aussehen. Dabei hatte ich meine große Sonnenbrille von Dior noch auf der Nase und meinen Schlapphut weit ins Gesicht gezogen, denn Schlaf hatte ich nicht bekommen.

Meine Liebesnacht, oder zumindest meine Verliebtheit, ist meinen Freunden also aufgefallen. Eine intensive Liebesnacht verjüngt und macht die Poren frei - sage ich doch.

Gülin, der ich später während eines Spazierganges durch den Regen von ihm erzähle, gibt mir den Rat auszuhalten, zu warten, denn sie bemerkt schon, dass ich wieder glücklich scheine, doch besorgt.

„Lass ihm Freiraum", sagte sie, „dann wird es etwas Großes in deinem Leben, du hast das verdient. Bleib nicht mehr allein, wir machen uns alle Sorgen um dich, du hast dich zu sehr zurückgezogen vom Leben."

Abends saßen wir mit den Töchtern in einer Runde und plauderten, währenddessen rief er mich an. Ich war etwas verlegen, denn rausgehen wollte ich nicht. Aber ich fand es auch toll, dass er mich bei meinen Freunden anrief. Aber mit welchem Recht? Er erwartete doch die andere Frau, mit der er zusammen in seinem Bett liegt, sicher nicht nur regungslos.

Mir wird schlecht bei dem Gedanken. Aber ich lasse es mir nicht ansehen, auch ihm gegenüber nicht spüren. Doch es tut weh! Das kann nicht gut sein, wenn Großartiges so widerlich beginnt.

Irgendwie versuche ich den bitteren Beigeschmack zu verdrängen und erinnere mich an die letzte Nacht, an diese wahnsinnige Erotik zwischen uns. Und wieder dachte ich nur daran, wie schön es im Bett war, so ausdauernd, das Vorspiel, der Höhepunkt und immer so weiter …

E-Mail um 23:13
Betreff: *Ich nehme Dich mit in meinen Traum*
Mein lieber Schatz,

Du wirst vermutlich diese E-Mail erst wieder einen Tag später lesen. Danke für Deinen Anruf, hatte gerade von Dir erzählt. Meine Freunde haben mir natürlich mein Glück angesehen, hatte ich vermutet und sie freuen sich für mich.

Morgen geht's früh raus, deswegen gehe ich jetzt ins Bett und träume von uns ...

Dienstag komme ich zurück, wieder mit dem Bus.

Abfahrt in Hannover 15:25

Ankunft in Hamburg 18:20

Gute Nacht,

ich schnüffele noch kurz an Deinem Taschentuch

Kuss

Birgit, die sich in Dich verliebt hat, so schön ...

Warum habe ich ihm die Busankunft mitgeteilt? Habe ich mir erhofft, dass er mich nach dieser Nacht wiedersehen will? Obwohl ich wusste, dass er Besuch von der anderen bekommt, mit der er vielleicht nicht mal über mich reden wird. Was weiß ich schon darüber? Vielleicht ist er ein Feigling? Ja, das ist er sicher, sonst würde er sie nicht bei sich in seiner Wohnung empfangen, in seinem Bett.

Aber er kann ja abends zu mir kommen? Ich komme Dienstag zurück und sie kommt Dienstag an.

E-Mail 4. November 07:04

Betreff: *Guten Morgen Post für Dich*

Ich kann Dich nicht wecken, aber ich kann Dir meine Gedanken zum Ausdruck bringen. Ich wache im Haus meiner Freundin auf, in einem klei-

nen Dachzimmer mit schrägem Fenster, aber ur-
gemütlich und es regnet, mein erster Gedanke ist
sofort bei Dir. Ich bin sehr oft heute Nacht aufgewacht und spürte Deine warmen Hände auf
meinem Körper, so schön. Immer wieder wan-
dern meine Gedanken an unsere gemeinsame letzte Nacht und ich gehe jedes Detail noch einmal
durch, jede Liebkosung bis zur Vollendung. Ich
weiß was Liebe ist, aber körperliche Liebe habe
ich so nie erlebt. Mein Körper wirkt sehr lebendig
mit Dir. Es hat mir gestern Abend sehr gut getan,
dass Du an mich gedacht hast, mich angerufen
hast.
Jetzt fühl Dich geküsst, überall
Deine Birgit

E-Mail Antwort 16:35
Meiner lieben kleinen Birgit wünsche ich einen
sehr schönen Tag.
Ich komme gerade nach Hause. War heute
Morgen zur Fußpflege und habe noch Einiges
besorgt.
Habe soeben meine Mails angesehen und Dei-
ne lieben Grüße gelesen.
Dafür bedanke ich mich. Ich nehme Dich jetzt
ganz fest in meine Arme und küsse Dich innig
und gaaanz lange.
Liebe, liebe Grüße von Deinem U.

## Montag 4. November

Ich blieb noch eine weitere Nacht in Hannover und besuchte meine Freundin Elvira, am nächsten Tag wollte ich abends mit dem Bus wieder abreisen.

Aber ich kam nicht zum Schlafen, sondern erzählte Elvira von meinem Glück und sie bemerkte zugleich auch meine Traurigkeit.

„Warum soll es dir anders gehen?"

So die Worte meiner Freundin, die seit 2 Jahren von ihrem Freund betrogen wird, der mit anderen Frauen ins Bett steigt, ohne Skrupel.

Wieder spürte ich, dass Glück und Leid eng beieinander wohnen. Ihr konnte ich nichts vormachen, sie spürte meine innerliche Traurigkeit. Mit *Baileys*, aus irischem Whisky und Sahne, versuchten wir den Zustand zu ertragen.

Ich erzählte meiner Freundin, dass ich mich vor 5 Wochen bei einem Klavierkonzert verliebt habe.

Dabei wollte ich doch keine Ansprüche mehr an das Leben stellen, damit war ich fertig. Ich hatte doch damit abgeschlossen, mit dem Verlangen, meinen Wünschen, mit dem Leben.

Aber als mir vor 5 Wochen dieser großartige Mann über den Weg lief, hat sich etwas in mir verändert. Langsam habe ich mich wie eine Blume für ihn geöffnet, habe ganz einfach und selbstverständlich diese Liebe angenommen und erwidert und Lebensfreude empfunden.

Ich musste lachen und dachte an die unzähligen Orgasmen, einfach nur wundervoll, unvergessliche Nächte.

Es kann so vieles dein ganzes Leben verändern, bei mir war es diese eine Begegnung beim Konzert mit enormen Folgen bzw. einer Menge von Orgasmen.

Ansonsten kann ich eigentlich nicht soviel über ihn sagen, außer, dass er die meiste Zeit mit dieser anderen Frau verbringt, sein Leben mit ihr verplant.

Führt er ein Doppelleben, was spielt sich da ab, in einem Schlafzimmer in Dresden oder in seiner Wohnung, in seinem Bett? Er ist ein Mann und im Bett ein wildes, doch zärtliches Tier. Was will der von mir? Vielleicht nur Sex?

Ich bin blond und 24 Jahre jünger als er. Seine Freundin ist grau und in seinem Alter. Na, ja, das baut mich auf.

Ich weiß nicht, wie viel Zeit mir noch bleibt, aber ich weiß, dass ich keine Zeit mehr brauche. Ich könnte jetzt gehen und das war's …

Ich war vor ihm zerbrechlich, mit ihm weiß ich, dass ich innerlich schon längst zerbrochen bin. Deswegen will ich nicht urteilen, im Gegenteil. Ich habe noch einmal erlebt, wie es ist, geliebt zu werden, zu lieben. Auch wenn es nur für ganz kurze Zeit bestimmt war. Mein Herz will das nicht mehr, ich bin müde. Meine Krankheit hat mich müde gemacht.

Elvira zeigte mir ihr neues iPad und ich sah, dass man Fotos damit machen kann, fast künstlerisch, und ich zeigte ihr, wie das funktioniert. Ich hatte diese verrückten Fotos schon einmal in Istanbul mit Freundinnen gemacht und wir haben auf dem Boden gelegen, so verzerrt und witzig sahen die Bilder aus, dass wir vor Lachen kaum noch atmen konnten.

Heute war es genauso, wir steckten die Köpfe zusammen und machten ein Foto nach dem anderen und zogen dazu Grimassen. Eine Aufnahme sah besonders gut, schrullig, schräg aus. Meine Brille hing fast unterm Auge und der Mund fast über der Nase und Elvira sah ähnlich schräg aus. Wir konnten es vor Lachen nicht mehr aushalten, ich hatte sogar Schmerzen im Zwerchfell und hätte mir fast in die Hose gepinkelt. Ich kam mir vor, als hätte ich eine Droge genommen, so stelle ich mir jedenfalls das Gefühl vor, völlig crazy.

In dieser Nacht schrieb ich bei klarem Verstand einen Abschiedsbrief und bat meine beste Freundin, nach meinem Ableben - irgendwann, wenn es passiert, dass mich der Mann in schwarz abholt -, meine Asche in meinem geliebten Cornwall St. Ives von den Klippen aus in den Atlantischen Ozean zu streuen. Elvira stimmte zu.

Natürlich sollte meine Asche nicht in einer Urne, sondern in einer Champagnerflasche transportiert werden, beschlossen wir. Es könnte Schwierigkeiten am Zoll geben, daher lieber das Gepäck aufgeben. Wie sollte Elvira es sonst erklären, dass vielleicht ihre Freundin in der Flasche schwebt? Nein, das klingt unglaubwürdig.

Ich erklärte ihr, dass die Flasche rundum mit Fotos versehen sein sollte. So versprach mir Elvira, dass sie auch eines dieser Fotos mit auf die Champagnerflasche klebt. Bei großem Sturm kann die Flasche auch geöffnet im Atlantik mit den Wellen dahinschwimmen.

Ich erklärte ihr, wie ich mir mein Ableben vorstelle und hinterließ auch eine Sprachmemo.

Allerdings ist es eine Grauzone in Deutschland und nur wenige Bestatter geben die Urne aus der Hand. Aber in Holland gibt es Krematorien, die nach einer 30-tätigen Lagerfrist die Urnen aus der Hand geben dürfen. Allerdings sollte man behaupten, dass man die Asche dem deutschen Friedhof aushändigt. Eine Vorschrift, die man ja nicht einhalten muss. Man hat sich für Holland entschieden und dann fragt niemand mehr weiter.

Aber Vorsicht, wem man davon erzählt. Es könnte nämlich passieren, dass jemand vom Ordnungsamt oder der Polizei vor der Tür steht und die Asche zurückfordert - klingt schon fast ein wenig witzig.

Wieder mussten wir lachen. Warum soll der Tod denn nur traurig sein? Aber wir wollten uns merken, dass die Bestattung in Holland wesentlich günstiger ist, das kommt nämlich auch noch hinzu. Anschließend vielleicht ein kleiner Abstecher nach Amsterdam, eine Bootsfahrt durch die *Prinsengracht*.

Wir recherchierten und fanden die Idee gut.

Vor Weihnachten werde ich meine Kinder davon unterrichten, meinen letzten Willen verdeutlichen. Sollte man ja auch mal aussprechen, auch das Organspenden. Aber meine Seele soll am Golfstrom dahinschweben.

Bis dahin habe ich noch einiges vor mir, so hoffe ich doch. Ulli hat mich vielleicht nur abgelenkt von meinem Weg.

Es tat mir gut, dass ich mit meiner Freundin mal über den Tod hinaus sprechen konnte. Ich bin nicht lebensmüde, aber das Leben macht mich müde.

Elvira schlug noch vor, wegen des Zolls am Flughafen, meine Asche vielleicht in einer Kaffeedose zu transportieren.

„Und was ist, wenn der Zoll diese Kaffeedose einkassiert und mich trinkt?"

Elvira sah mich an und sagte: „In England trinkt man ja meist nur Tee, dann wäre dieser Kaffee schon etwas Besonderes", und wir lachten und kicherten weiter.

Dann zeigte sie mir ein Bild mit einem kleinen Igel, der in einer Hand Schutz sucht. Ich dachte sofort an Ulli und schickte ihm eine E-Mail zusammen mit dem Igelbild als Symbol, er meine schützende Hand. Aber mein drittes Auge deutete ihn als den Mann in schwarz.

Spät abends schrieb ich ihm doch noch eine Mail.

E-Mail 4. November 23:09
Betreff: *Ein kleiner Igel …*
Ein kleiner Igel mit kalten Füßen lässt den lieben Ulli grüßen.
Anhang: Foto (mit kl. Igel eingerollt in einer Menschenhand)
Genauso fühle ich mich, denn ich bin verliebt in Dich.

Ein kleiner Igel lässt Kopf und Ohren hängen und beginnt zu grübeln.

So denkt er nach, Tag und Nacht. Was soll er tun? Einfach in der warmen Hand liegen bleiben und ruhen oder wird die Hand ihn fallen lassen und der kleine Igel rollt sich ein und wird ganz klein? Dann rollt er vielleicht über die Straße, fällt in einen See, oh weh!

Vielleicht geht die Geschichte aber auch anders aus, der kleine Igel kommt mit ins Haus.

Kuss Birgit

In dieser Nacht bemerkte ich, dass ich diesen Zustand nicht noch einmal aushalten kann, nicht noch einmal leiden will. Es steckt einfach zuviel Leid in mir, deswegen habe ich mich vorerst für Hamburg entschieden, weit weg von meinen Freunden, um Ruhe zu finden; Kummer und daraus entstehende Krankheit zu verstehen. Wenn es hier klingelt, dann weiß ich, dass es nur der Müllmann ist.

So beschloss ich etwas zu beenden, was gerade begonnen hatte.

> E-Mail 5. November 03: 41
> Betreff: *Sorry, ich kann das nicht*
> Birgit

Heute ist Ullis Freundin aus Dresden angereist. Am 11.11.2013 werden sie gemeinsam für eine Woche in die Türkei reisen, das sei bereits ein Jahr vorher geplant gewesen, wie noch weitere gemeinsame Reisen, die erst nächstes Jahr enden.

Er hatte mir davon erzählt, als es ernst mit uns wurde, als wir auf meinem italienschen Sofa saßen und er mir sein erstes Taschentuch schenkte, für meine Tränen.

Bei diesem Gespräch sagte er, er könne verstehen, wenn ich Schluss machen würde und ich dachte, es hat doch noch gar nicht richtig begonnen. Ulli erklärte mir, dass er und seine Freundin im April dieses Jahres, also vor 6 Monaten, auseinandergingen. Nach dem Krach hätte er alle seine Sachen mitgenommen, erzählte er.

Ich erinnere mich an seine Worte. Aber zu diesen gemeinsamen Reisen steht er, weil er zugesagt hat. Es sei vorbei zwischen ihnen. Sollte ich da ein Wort verstehen? Er betonte mehrfach, wenn es für ihn zu Ende ist, dann ist das auch so. Aber ich dachte nur, wie widersprüchlich das doch klingt und hoffte nur auf eines, dass er bemerkt, was er an mir hat und diese Reise absagt.

Ich drängte ihn nicht und bedrängte ihn nicht. Hatte ich denn ein Recht auf irgendetwas? Nein. Ich möchte nicht auf meinen Vorteil aus sein. Ich gebe gerne und stelle keine Ansprüche mehr an das Leben, damit bin ich fertig, damit hatte ich abgeschlossen. Ich habe kein Recht auf irgendetwas und man sollte doch am Ende Mensch bleiben und niemanden hassen, für was auch?

Er hatte seine Chance und ich war noch einmal bereit. Nach 5 Wochen, nein, vom ersten Moment an. Das klingt kitschig und nicht real.

Die beiden kennen sich schon Jahre und haben viel Gemeinsames und wenn es nur die Reisen sind. Bin doch ich der Störenfried?

Wenn ich mich an die erste Begegnung mit ihm erinnere, so erzählte er von Dresden und von seinen Freunden dort, der oberen Mittelschicht. Ich erinnere mich daran immer wieder, warum eigentlich?

Aber er erzählte nicht, dass er dort eine Freundin mit Haus hat, die mit ihm zusammen leben möchte.

Was bin ich für ihn? Ein Spielobjekt für die Zeit dazwischen, wenn er nicht mit der anderen verreist?

Von diesem Moment an machte ich mir nur noch Gedanken und war traurig. Ich denke wieder an die Worte meiner Freundin, *warum soll es dir anders ergehen*! Es wäre auch zu schön gewesen, ein Traum, der in Erfüllung gehen sollte? Nein, den Traum hatte ich abgelegt.

Für mich zählten doch ganz andere Werte, ich hatte vor nach England zu ziehen, sonst nichts. Ich wollte an meinen Projekten arbeiten und diese alle fertig stellen, das war mein Ziel.

Aber die Realität war, dass er keineswegs über uns nachdachte. Im Gegenteil, er sagte, dass diese Reisen sehr teuer waren, das klang nicht wirklich gut.

Da er mich schon zu einem Essen zwei Wochen später am Hamburger Hafen an Bord eines Schiffs eingeladen hatte, fragte er mich doch tatsächlich, ob ich denn noch mitkäme, sonst sollte ich ihm das sagen, es wäre teuer gewesen.

Hat er das Essen im Voraus bezahlt?

Häää? Meint er das wirklich so? Daraufhin gab ich natürlich keine Antwort.

Hat er das nur gesagt, weil er selbst unsicher war, oder geht es ihm wirklich um die 40,- Euro? Warum sind Männer so? Das gibt's doch gar nicht.

Des Weiteren lud er mich für Heiligabend zu sich nach Hause ein, im Kreise der Familie, seine Schwester im Rollstuhl mit ihrem Mann, es gäbe Kartoffelsalat und Würstchen.

Ich bedankte mich, aber ließ es mir offen, denn mein Sohn hatte mich bereits eingeladen und meine Tochter und Enkel möchte ich ja auch an den Weihnachtstagen sehen.


Seit dem Moment der Beichte ging mir eines nicht mehr aus dem Sinn, wo schläft diese Frau, wenn sie meinen Ulli bereits Tage vor der Reise besucht? Und wo schlafen beide in der Türkei? Ich kenne doch seine Wohnung, da gibt es kein Gästezimmer, kein Sofa.

Diese Fragen hämmerten in meinem Kopf.

Wird er mit ihr über mich sprechen? Wird er nachts bei mir schlafen und den Tag mit ihr verbringen? Ich habe ihm diese Möglichkeit angeboten.

Aber nichts von dem passierte. Mit mir sprach er überhaupt nicht mehr über diese Situation.

Nicht gut, wirklich nicht gut für mich.

E-Mail 5. November 13:40

Liebe kleine Birgit,

ich ahne, dass Du letzte Nacht nicht geschlafen hast.

Ich denke sehr oft an Dich, so dass ich mich oft zur Konzentration zwingen muss. Eigenartiger Zustand.

Der Igel muss ins Haus.

Liebste Grüße

U.

E-Mail 6. November 18:00

Betreff: *Liebe, Zukunft*

Mein kleiner Liebling.

Es ist in den letzten Tagen, sogar Wochen, etwas ganz Schlimmes passiert:

Ich habe mich mehr als verliebt in Dich.

Ganz, ganz liebe, liebe Grüße und Umarmungen und Küsse und, und …

U.

Aber warum kommt er nicht vorbei oder ruft mich wenigstens mal an? Er wohnt einen Ort weiter und könnte zu Fuß gehen.

Diese Frau ist ihm wichtig, aber wenn es ihm nur um die Reisen gehen würde, dann hätte er doch mit ihr über uns gesprochen. Er ist doch nicht mit ihr verheiratet, warum ist er ihr so verpflichtet? Ist da doch noch mehr?

Ich darf nicht so denken, ich habe keine Ansprüche und doch sehne ich mich so nach ihm. Warum handele ich anders, als ich denke?

E-Mail 6. November 18:12
Betreff: *Der kleine Igel vertraut seiner warmen und schützenden Hand*
Birgit

> E-Mail 6 November 18:16
> Der kleine Igel darf sich sicher und geborgen fühlen.
> Allerliebste Küsse.
> U.

E-Mail 7. November 01:15 morgens
Betreff: *ich kann das nicht*
Mein geliebter Schatz,
1 Sekunde kommt mir vor wie 1 Stunde
1 Stunde wie ein Jahr
1 Tag wie eine Ewigkeit
Der kleine Igel kennt zum Glück keine Zeit, er kennt nur das Gefühl von Geborgenheit.
Aber für mich ist Zeit ein wertvolles Geschenk und ein Tag ohne ein Wort ist ein verschenkter Tag, den ich nicht nachholen kann. Dass Du verreist stört mich nicht, ich freue mich sogar für Dich. Aber dass eine Frau in Deinem Bett liegt, das macht mich so traurig …

E-Mail Antwort 10:33

Mein lieber Schatz,

ich hatte Dir gesagt, dass wir kein Paar mehr sind, sondern auf absehbare Zeit gute Freunde. Für Dich ist es nicht sehr erbaulich.

Ich umarme Dich, ich küsse Dich.

Dein U.

E-Mail 7. November 15:10

Betreff: *Ich küsse Dich auch*

Mein Liebling,

auch ich schenke Dir meine Küsse. Ich sehe Dich überall, Dein Bild geht mir nicht mehr aus dem Kopf. Ich bin sehr abgelenkt, alles fällt mir aus den Händen. Schließe ich meine Augen, bin ich Dir sehr nah … und mehr!

Deine Birgit

E-Mail Antwort einige Minuten später 15:18

Betreff: AW: *Ich küsse Dich auch*

Ganz große Liebe!!!

Dein U.

Ich sollte mich nicht mehr bei ihm melden, keinesfalls. Aber ich denke nur noch an ihn, nichts gelingt mir, alles bleibt stehen, die Kontakte der Buchmesse etc., alles ist unwichtig. Komisches Gefühl! Glück und Leid stehen so dicht beieinander.

Er darf nicht erfahren, dass ich so leide, wie stehe ich denn da?

Eigentlich wollte ich doch nur mal wieder einen knackigen Hintern mit meinen Händen halten und guten Sex haben. Das waren meine Vorstellungen, aber dass so etwas in der Tat schneller passieren kann als man denkt, hätte ich nicht gedacht.

Nun weiß ich nicht nur, wie sich ein Männerarsch anfühlt, sondern auch, wie sich solch einer benimmt - so ein Arsch.

Dennoch kann ich nicht von ihm lassen. Es ist wie eine Droge, diese Sucht nach mehr Sex. Warum soll ich darauf verzichten, wenn mein Glücksgefühl in mir ist und meine Sehnsucht so groß ist?

Nein, ich werde großzügig denken, mal sehen, ob das möglich ist.

Aber warum stellt er sich so in den Vordergrund? Ich sollte sein Glück sein!

E-Mail 8. November 11:12
Betreff: *Glücksgefühl und Sehnsucht in mir*
Mein Liebling,
endlich habe ich wenigstens ein paar Stunden geschlafen. Aufgewacht mit großer Sehnsucht und einem Glücksgefühl. Immer wieder sehe ich diesen einen Film der Gefühle, uns.
Ich arbeite wie irre, mein neues Buch ist auch fast fertig. Morgen kommen meine beiden Enkelinnen über Nacht, Gott sei Dank, eine kleine Ablenkung. Ich werde beide nachts im Arm festhalten und Dich sehen. Meine Gedanken sind immer bei Dir! Ich möchte Dich jetzt so gerne küssen, beginnen am Ohr und weiter über Dein schönes Ge-

sicht, Deine Brust und Deinen Bauch liebkosen, Deine Beine mit meiner Zunge umkreisen, Deinen großen Zeh etwas anknabbern und dann … soweit die Fantasie reicht, es einfach geschehen lassen.

In Liebe
Birgit

In den folgenden 3 Tagen bekam ich keine E-Mails mehr, nicht mal einen Anruf. Sie ist bei ihm, er hatte mich scheinbar vergessen oder keine Zeit, keine Möglichkeit? Wieder so doofe Gedanken. Aber dieser abrupte Abbruch? Welche Bedeutung steckt dahinter, wenn es nicht um die Frau geht?

Natürlich geht es nur um die Frau, seine Freundin aus Dresden, mit grauem Haar und fast 24 Jahre älter als ich.

Und dann bin auch ich abgelenkt. Nicht nur meine Enkel sind zu Besuch, auch meine beste Freundin Elvira kommt mit ihrem Freund vorbei.

Wir kochen und haben zunächst einen schönen Abend, bis ihr Freund zugibt, als Elvira auf der Toilette ist, dass er auch mit anderen Frauen schläft, also die Gefühle meiner Freundin mit Füßen tritt.

Ich habe ihn sofort rausgeschmissen und bedauert, dass ich kein Mann bin und ihm ins Gesicht gesagt, dass ich ihm sonst eine aufs Maul gehauen hätte.

Und das aus meinem Mund!

Gibt es denn keine Ehrlichkeit mehr?

Zuerst haben die beiden Mitleid mit mir, weil der Mann, in den ich mich verliebt habe, mit einer anderen verreist - und dann auch noch so etwas.

Elvira hat es zuerst gar nicht begriffen, als ich ihr davon erzählte. Sie fuhr mit ihm zurück.

Ich mache mir ja auch etwas vor, wie blöd ich doch bin, wie vernebelt ich alles sehe. Oder will ich die Wirklichkeit nicht sehen?

Wie konnte ich mich nur einlassen und an das Gute glauben? Mit der Liebe, mit Gefühlen, darf man doch nicht so umgehen!

Ich fühle mich nicht gut, diese Gedanken trage ich nun mit mir herum. Glück und Leid, so ein Scheißgefühl.

Sind wir Frauen Tiere?

E-Mail 10. November 00:01
Meine liebe, liebe Elvira,
was Du mir bedeutest, das weißt Du! Du musst auch verstehen, dass ich es nicht ertrage, wenn ich mit ansehen muss, wie sehr Du als Frau verletzt wirst. Dieser Mann ist ein Vollidiot und krank. Früher hätte man ihn in der Öffentlichkeit gesteinigt, ihm sicher seine Männlichkeit abgetrennt.

Ich bedaure nur, dass ich kein Mann bin, denn dann hätte ich ihm das nicht nur ins Gesicht gesagt, dass ich ihm welche aufs Maul hauen möchte, dann hätte ich das getan, mit Freude! Ich habe ihm zugehört und dann vor die Tür gesetzt, mehr konnte ich nicht tun. Schade eigentlich, hätte ich ihm doch eine mit dem Nudelholz hauen sollen? Nein, das ist Nötigung, und das habe ich nicht nötig. Aber ich konnte tun, was getan werden musste. Ich habe ihm gezeigt, dass er mir lieber aus dem Weg gehen soll. Dass er für mich ein Scheißkerl ist. Als ich ihn dann höflich aus meiner Wohnung verwiesen habe, mit einem richtig strengen Blick, fragte er mich, ob er noch seine Schuhe mitnehmen darf.

Du weißt, dass ich als Schöffin bei Gericht angemeldet bin und dass ich für Gerechtigkeit bin. Hier geht es um Menschenwürde, die er mit Füßen tritt. Das ist keine Liebe, die von ihm ausgeht, er spielt nur mit den Frauen, lässt die Frauen entscheiden, damit gibt er sich den Freibrief.

Was bin ich froh, dass ich den Beruf Therapeut für Gesprächstherapie nicht bis zum Ende gelernt habe, denn solche Fälle bringen keinen Sinn. Da geht es nicht um Respekt, der kennt keine Anerkennung, er glaubt sogar, das sei richtig, was er mit den Frauen macht, was er mit Dir macht. Er hat gesagt, dass Du das mitmachst. Seine Frauen wollen das sogar so haben, so glaubt er, dass Du das auch noch so entschieden hast, weil Du sein Triebspiel mitmachst.

Ich kann Dir nur sagen, leb diese Nacht aus und dann schmeiß ihn, möglichst nackt, aus Deiner Wohnung und beende dieses Machtspiel, bitte, ich wünsche es Dir.

Du bist so ein Klasseweib, das hast Du wirklich nicht nötig. Du solltest die Puppen spielen lassen,

Du bist eine großartige Frau!!! Bitte sei stark! Dein Freund Chris und ich sind doch immer für Dich da, weil wir Dich lieben und respektieren.
Zusammen schaffen wir das!!!
Birgit, in Liebe
Deine Freundin

Trotz alledem habe ich noch Hoffnung, Ulli könnte seinen Mann stehen und vielleicht die Reise abbrechen, mit der Entschuldigung, er sei ein Spätzünder, wie er sich bezeichnet.

Er hat Geburtstag, auch den wird er mit ihr verbringen?

Scheint so ...

Hat Elvira Recht, ist mein Ullimann genauso wie die anderen? Oder täusche ich mich, und er liebt mich auch und es ist wirklich nichts mehr zwischen den beiden? Blödsinn! Er darf mich ja nicht einmal mehr anrufen, ich sollte ihn besser vergessen.

Was mache ich mit seinem Geburtstag? Ich komme mir wirklich dämlich vor, ich mache mir Gedanken. Er sollte sich die Gedanken machen.

E- Mail 10. November 00:25
Betreff: *Herzlichen Glückwunsch mein Schatz*
Anbei Foto: (Clown hält Tafel in der Hand, darauf steht mit Kreide geschrieben)
„Ich schenke Dir meine Liebe" Für Dich

Ich schenke Dir ein großes Buch mit unendlichen Seiten, die niemals enden.

Es kann für Dich sehr schwer werden,
vielleicht wiegt es aber auch nichts und ist leicht.
Aber wenn Du dieses Buch annimmst, wird es ein
Geschenk auf ewig.
Es ist aus Sicherheitsgründen noch sehr ver-
schnürt. Bisher hattest Du nur einen Vorge-
schmack, darin zu lesen. Dieses besondere Buch
ist immer spannend.
Aber dieses große Buch gibt es nur einmal auf der
ganzen Welt.
Drum überlege es Dir gut, diese vielen bunten
Schleifen zu öffnen.
Es liegt für Dich zu jeder Zeit bereit, den Code
kennst Du.

Deine Liebe bedeutet für mich „Lebensfreude"

Ich wünsche Dir Gesundheit, viel Glück und Gottes Segen

Schade, wilden Sex um Mitternacht,
hätte ich mir für Dich gerne ausgedacht!

Tausend Küsse
Deine Birgit


Ein kurzes Telefonat, ich habe ihm gratuliert und ich
hörte, dass er nicht so sprechen konnte, wie er vielleicht gewollt hätte. Er sagte nur, dass sie gerade
durch den Stadtpark spazieren gehen.

Ich bin auch gerade mit meinen Enkelinnen im Stadtpark, zur selben Zeit, warum eigentlich schäme ich mich und warum halte ich mich Gott verdammt zurück?

Wenn er wirklich die Wahrheit damit sagt, dass sie nur Freunde sind und sich sonst nichts abspielt, warum muss er dann mit ihr in seinem Bett schlafen, einen Ort von mir entfernt? Er könnte doch über Nacht zu mir kommen, wäre das nicht nahe liegend?

Hat Elvira denn Recht, indem sie sagt, er ist nicht anders? Er ist kein Stück besser.

Mache ich mir denn auch etwas vor? Nennt man das Wunschdenken? Gestern noch schmeiße ich den Freund meiner Freundin aus meiner Wohnung und mir selbst geht's nicht besser.

Morgen ist es so weit, dann reist er zusammen mit dieser Frau nach Izmir in die Türkei. Warum reist er so weit weg, dann noch mit einer anderen? Ich bin doch so nah. Wenn das alles genau so ist, wie er mir schreibt, dann bin ich auch sein Glück, oder doch nicht?

Oder bin ich einfach nur doof, naiv? Er hat sich nicht wie ein Gentleman mir gegenüber verhalten, sondern spielt ein falsches Spiel. Oder habe ich nur Angst, dass es so ist? Aber es ist, wie es ist.

Wir haben alle kein Recht auf den anderen, keine Ansprüche, nichts. Doch, wenn man liebt, darf man Ansprüche stellen.

Sollte ich besser Stärke zeigen - und selbst wenn ich nur so tue -, dass man mit mir nicht so spielen kann? Aber er ist sonst genau der Richtige für mich, oder doch nicht?

Er hat ihr nichts von mir erzählt, er ist ein Feigling. Die Wahrheit ist doch, dass er mir Hoffnung macht und zugleich tut seine Unehrlichkeit bereits weh.

Ich denke an ihn und ich weine endlose Tränen, die hat doch kein Kerl auf der Welt verdient!

Und dafür habe ich auch noch sein Taschentuch.

E-Mail 10. November 13:03
Mein kleiner Liebling,
danke, danke, danke! Ich denke immerzu an Dich.
Allerliebste Grüße und viele, viele Küsse
Von Deinem
U.

E-Mail 10. November 20:46
Von Elvira
Betreff: AW: *Ich wünsche Dir so sehr, dass Du diesen Mistkerl rausschmeißt … und aus Deinem Leben*
Hallo Birgit
Ich danke dir und weiß, dass du es für mich getan hast. Dafür liebe ich dich! Ich versuche Abstand zu gewinnen, was natürlich nicht so leicht ist, wenn das Herz mitspielt. Ich möchte mich von ihm verabschieden, aber das geht leider nur sehr langsam. Aber mit deiner, Chrisis und Danys Unterstützung werde ich es schaffen, auch wenn es noch eine Weile dauert. Ich danke dir, es war trotzdem schön.

Hab dich ganz doll lieb
Elvira

E-Mail Antwort 23:07
An Elvira
Meine Süße,
ich bin so froh, dass Du Dich bei mir ge-
meldet hast. Ich bin immer für Dich da! Das
Leben ist keine Zuckerstange.
Hab Dich auch gaaanz doll lieb
Deine Birgit
Trotzdem hätte ich ihm gerne eine aufs
Maul gehauen, verzeih.

E-Mail 11. November 13:17
Hey Birgit,
mach dir keine Sorgen! Ich glaube ich
bekomme Abstand, ich hoffe es so sehr!
Und noch eines, niemand, kein Mann
und auch sonst niemand, wird meine
Freundschaft zu dir in Frage stellen. Ich
bin dankbar für deine Freundschaft und
daran wird sich auch nichts ändern! Auch
kein Mann!! Und dass man nicht alle lieben kann ist mir auch klar, aber dich
möchte ich nicht missen und werde ich
auch nicht!
Wir telefonieren wenn du willst heute
Abend, ich freue mich darauf!
Schmatz, habe dich lieb
Elvira

Ich fühle mich nicht gut, Herzschmerzen und Übelkeit. Mein Ullimann hat sich nicht einmal telefonisch bei mir gemeldet, seit sie bei ihm ist. Bereits 5 Tage Funkstille, eine Ewigkeit im Ungewissen.

Er würde jetzt sagen, wir haben doch telefoniert, du hast mich zu meinem Geburtstag angerufen … ja toll.

Heute fliegen sie los, ohne ein Wort, bis auf die kurze knappe Mail, dreimal danke und Küsse, die ich doch lieber hätte spüren wollen.

Es kommt mir so vor, als säße ich in einem Porsche und trete das Gaspedal bis zum Anschlag durch und dann - nichts. Geht es einem so, wenn man gegen einen Baum fährt, ganz plötzlich Stille?

Ich will mich nicht wie eine Dilettantin, wie eine Idiotin benehmen und schweige. Meiner Freundin gegenüber schäme ich mich fast ein bisschen, bin doch eine Dilettantin. Eben eine Vollidiotin, eine Träumerin.

Ich nehme mir vor, dass ich nichts mehr mit ihm zu tun haben will und das Telefon ausstelle, ziehe mir 4 Pullover übereinander, ziehe die Vorhänge zu und suche das Weite unter meiner Decke im Bett.

Traurig mit Herzschmerzen - und genau da klingelt das Telefon und ich springe mit einem Satz wieder aus dem Bett und renne zur Küche, und er ist es.

Er wollte sich noch von mir verabschieden, im Hintergrund hörte ich die Flugansagen. Er sagte, dass er sich abseits gestellt hätte, um mit mir zu telefonieren, wollte mir Küsse geben, aber ich war sprachlos.

Vielleicht war sie gerade zur Toilette? Hätte er mit ihr über mich geredet, hätte er mir das doch sagen können. Sicher war sie nur zur Toilette, wie kann ich anders darüber denken oder gar fühlen?

Doch freute ich mich, dass er mich nicht ganz vergessen hat, aber diese Verhaltensweise schmerzt und ich schäme mich dafür. Ich hatte doch gerade angefangen, voller Stolz über ihn zu berichten und nun? He Freunde, mein Ulli hat tagelang mit einer anderen in seinem Bett geschlafen, aber seit April läuft da nichts mehr. Wenn mein Ulli sagt, es ist vorbei, dann ist das auch?!

Sie würden mich alle kopfschüttelnd ansehen und Mitleid zeigen.

Was bleibt mir? Entweder die Hoffnung, diesen ersten unglücklichen, schmerzlichen Vorfall zu vergessen und zu hoffen, oder es so in Erinnerung zu behalten, so schön wie es war, bevor diese Frau ins Spiel kam. Vielleicht ist das besser so. Und ich muss ja auch damit rechnen, dass er noch mehr Schmerzen in mir verursacht.

Nach der Türkeireise wird er sie besuchen und nächstes Jahr gehen diverse Reisen weiter. In diesem Fall bin ich eine arme Vollidiotin, weil ich mit meinen Gefühlen spielen lasse, ich lasse das zu. Scheiße, so ein Mistkerl, so ein Arsch!

Ich liege wieder allein mit kalten Füßen in meinem Bett und er? Wenn ich ihn doch nicht so sehr vermissen würde. Er tat mir so gut, ich bekam wieder Lebensfreude. Ich hatte gerade erst begonnen, meinen inneren Frieden wieder zu finden. Und nun befinde ich mich auf einem Leidensweg. Ich leide und zugleich trage ich das große Glück mit mir herum.

Mit 4 Pullovern und 2 Decken zudecken, so fühlt sich aber nicht das große Glück an!

Und doch sehe ich sein Lächeln, zugleich halte ich sein Stofftaschentuch in meiner Hand. Nennt man das nicht Widerspruch! Wie kann man in diesem Fall das Glück mit dem Leid gerecht verteilen?

Sicher handelt er genauso, er will gerecht sein und dieser Dame kein Leid zufügen. Ist das so?

Wie kann ich etwas verlieren, was ich nicht besitze. Eine ist die Dumme und hält am Ende das Pech im Arm. Aber was ich erlebt habe, das ist meins, was bleibt, ist die Erinnerung an eine wunderschöne Nacht.

Eine brennende Liebe in uns, innerliche Triebe, die wir ausleben mussten?

Der nächste Tag war ein verlorener Tag. Ein Bandscheibenvorfall, ein Hexenschuss und dazu Rippenschmerzen. Ich kann mich kaum rühren vor Schmerzen. Aber ich fahre nicht ins Krankenhaus und rufe nicht meine Ärztin, ich leide und halte aus, damit habe ich ja nun mal Erfahrungen. Dazu bin ich so traurig, aber für die Liebe gibt es keinen Schalter zum Ein- und Ausschalten. Es wird sich zeigen, wie groß diese Liebe wirklich ist.

Dieser schwere Anfang ist keine Prüfung, denn Gott will nicht, dass Menschen leiden. Ich fühle Glück in mir, was nicht heißt, dass es vollkommen ist. Wieder denke ich an seine Mail, in der steht, dass er diese Frau als Freundin gewinnen will, hä?

Was schrieb er mir am 7. November? Ich lese die Mail nochmals.

> Mein lieber Schatz, ich hatte Dir gesagt, dass wir kein Paar mehr sind, sondern auf absehbare Zeit gute Freunde. Für Dich ist es nicht sehr erbaulich. Ich umarme Dich, ich küsse Dich. <

Was ist das eigentlich für ein Blödsinn und Widerspruch? Und was bedeutet „auf absehbare Zeit"? Er will mit dieser Frau Freundschaft auf absehbare Zeit? Hä? Er war mit ihr zusammen, so etwas funktioniert nicht.

Irgendwie bin ich wirklich zu dumm.

Lieber Ulli, alles kann man nicht haben. **Ich teile nicht, wenn, gebe ich alles!**

Liebe, Gefühle, Innigkeit mit Zuwendung, in mir beginnt etwas Abwendung.

Wenn ich an sein Abschiedstelefonat vom Flughafen denke, wie er mir Küsse gab, die ich nicht erwidern konnte, weil ich so traurig war und bin. Ich war wie erstarrt. Was hat er erwartet? Schließlich hat er sich nicht mehr bei mir gemeldet, seit ihrer Ankunft!

Es sind große Gefühle im Spiel, doch habe ich nichts zu erwarten. Gleichzeitig spüre ich seine Berührungen und damit wieder tiefe Gefühle in mir. Gefühle der Sehnsucht, der Hingabe, der Begierde.

Er will nicht auf diese Frau und seine Reisepartnerin verzichten, er wird sie schon bald wieder besuchen, wo stehe ich? Und warum ist er so abhängig von ihr? Wegen des Einzelzimmerzuschlags sicher nicht, oder doch?

Eine Dame zuviel im Spiel.

Also gehe ich lieber einen Schritt zurück von dem Glück, denn es ist nicht meins.

Mittwoch

Heute habe ich um 11:00 Uhr meinen Zahnarzttermin, ich gehe jetzt auch zu Ullis Zahnärztin.

Auf dem Hinweg verlaufe ich mich und stehe plötzlich vor dem syrischen Restaurant. Erinnerungen kommen in mir auf, wie ich ihm dort aus dem Kaffeesatz las und wir beide Delphine darin sahen. Ich mit meinem Schlapphut und Alkohol im Blut, dazu die wunderbaren Gewürze, exotisch bis erotisch, voller Fantasien.

Und was für eine schöne erotische, unvergessliche Nacht …

Dann erinnere mich wieder an den Zahnarzt, ich laufe zurück. Angekommen und angemeldet, klingelt zugleich mein Telefon, er ist es.

„Hallo mein kleiner Liebling, wir fahren gleich mit dem Bus weiter", so erzählt er mir aus der Türkei und küsst mich durchs Telefon.

Kaum gehe ich einen Schritt zurück, will ihn vergessen, ruft er mich an und lässt mich rein gar nichts vergessen. Wie gerne hätte ich durchs Telefon gerufen und ihn gefragt, ob er ihr von uns erzählt hat und wo er schläft? Aber nichts von dem, was mich beschäftigt, frage ich.

Auf dem Zahnarztstuhl halte ich die Schmerzen aus und denke an ihn, wie er mich küsst, und dann wieder an ihn, wie er den Tag mit einer anderen verbringt.

Die Schmerzen beim Zahnarzt habe ich dabei völlig vergessen, das Leid von innen war größer und stärker, schlimmer als Zahnschmerzen.

Donnerstag
Vor 11 Tagen war ich es, die in seinem Armen lag, auf seinem Körper, nackt, eng umschlungen. Aber 11 Tage sind zuviel, ich könnte nur noch losheulen. Ich kann nicht mehr.

Kaum wache ich auf - die Nacht war kurz, zu kurz - doch wieder nur ein Gedanke, der in meinem Kopf herumschwirrt, ich vermisse ihn so sehr.

Himmel, Arsch und Zwirn, verdammt, verdammt, verdammt ...

Nachmittags klingelt das Telefon und ich höre ihn, wie er mir wieder von der Türkei aus Küsse schenkt und mir sagt, wie sehr er mich lieb hat.

Doch ich bin an einem Punkt angelangt, an dem ich nicht mehr kann.

Immer wieder fragt er mich, wie es mir geht und ich antworte ihm wie jedes Mal: „Sehr gut, mein Schatz", obwohl ich ihn erschießen könnte.

Er glaubt mir das nicht, aber warum fragt er mich dann? Kann er sich das denn nicht denken, wie sehr mir das weh tut, dass er mit einer anderen Urlaub macht? Und ich soll ihm seine Liebesgeständnisse abnehmen. Ich bin doch kein katholischer Priester. Ich kann das nicht mehr.

Als Notlüge sagte ich, dass die Verbindung schlecht ist, denn kein Wort bekam ich mehr aus mir heraus.

Ich war wie erstarrt, der Schmerz, die Enttäuschung, die Sehnsucht, das alles zusammen halte ich nicht mehr aus. Ich fühle mich verletzt, nicht gut genug. 11 Tage ist es her, genug, um nicht noch mehr auszuhalten. Es geht nicht mehr, ich kann nicht mehr mit ihm telefonieren, solange er mit einer anderen fort ist.

Herzschmerzen und große Traurigkeit - das, was mir bleibt, nach seinem Anruf, na prima.

Freitag

Innerlich bin ich zusammengesackt, es war doch völlig anders, bevor diese Dame ins Spiel kam. Ich fühlte mich richtig stark durch ihn, fraulich, wiederbelebt.

Und heute ist alles so wie immer. Ich stürze mich in die Arbeit, was bleibt mir auch sonst? Ich will noch einige Bücher herausbringen, bis Ende nächsten Jahres, und weiter aufräumen, mein Leben ordnen.

Damit meine ich aber nur noch meine Umzugskisten auspacken, meinen letzten Willen vernünftig schriftlich ablegen und noch einen Haufen von Papierkram vernichten. Ich bin so froh, dass ich alle diese Dinge noch erledigen kann und danach, egal.

Nur das ist jetzt meine Aufgabe.

Vielleicht komme ich aber doch noch nach England und ich werde dann den Kopf schütteln, über das Jetzt. Das weiß niemand und ich schaue nicht mehr in die Zukunft, wie ich es früher so gerne getan habe und mich auch daran gehalten habe, an Pläne.

Für mich gibt es nur das Hier und Jetzt. Es war so in Ordnung, bis der Mann in schwarz in mein Leben kam, er besetzt meine Gedanken, mein Handeln. Aber ich befürchte, dass es nicht richtig und nicht gut für mich ist. Ich will nirgendwo dazwischenstehen.

Ich bin dankbar für das, was ich habe. Das ist eine kleine starke Familie und das sind Freunde, also bin ich reich, sehr, sehr reich.

In den Nachrichten wird nicht über diese eine, meine besondere Nacht berichtet, die ich erlebt habe, sondern über Tausende Tote, die den Taifun „Haiyan" nicht überlebt haben und über unzählige Menschen, die alles verloren haben.

Jetzt fühle ich mich direkt nutzlos. Ich möchte gebraucht werden, das ist alles. Dass dieser eine Mann mich braucht, ist sicher ein Wunschdenken und sehr naiv.

Ich muss noch irgendwas besonderes Gutes schaffen, so mein Gefühl.

Aber zunächst mache ich weiter mit dem, was ich begonnen habe.

Und übrigens, was bleibt uns denn für gemeinsame Zeit? 1 Jahr, 10 Jahre oder mehr? Er ist jetzt 79 Jahre und ich 54. Soviel gemeinsame Zeit bleibt da nicht mehr.

*Effata - öffne dich*, diesen Aufruf hörte ich bei einer Predigt von Papst Benedikt. Ich war dabei, mich zu öffnen, obwohl ich sehr verschlossen war. Aber was hat's genützt oder gebracht? Wundervolle Liebesnächte mit wirklich gutem Sex und ein gutes Essen.

Samstag 07:50 frühmorgens

In dieser Nacht wollte ich versuchen, endlich mal etwas zu schlafen und hatte mein Telefon auf stumm gestellt bzw. nur auf vibrieren, aber davon wurde ich genau um 7:50 Uhr wach.

Ulli war es, wer sonst.

Ich habe mich sehr gefreut und brachte das auch zum Ausdruck. Wieder küsste er mein Gesicht, meine Augen … Weiter erzählte er, wo er war, wo es hinging und dass er ja bald nach Hause kommt.

Ich fragte: „Wann?"

Hätte er mir das nicht von selbst sagen können, Schatz, dann und dann sehen wir uns, halte ich dich wieder in meinen Armen, aber das tat er nicht.

Ich fragte nochmals, wann er aus der Türkei zurückkommt.

Montagabend fliegt er aus Izmir zurück und er wolle mich dann von Zuhause aus anrufen.

Das ist alles, ich weiß nicht, wann diese Frau wieder abreist, wann er sie besucht.

Er betonte immer wieder, dass er mich anruft, das verstand ich sehr wohl. Vielleicht fährt er auch gleich mit ihr mit?

Ich weiß auch immer noch nicht, ob er mit ihr über uns gesprochen hat. Eigentlich weiß ich nur, dass er an mich denkt. Ich habe mich trotzdem sehr über diesen Anruf gefreut und war ihm nah, konnte ihm sagen, wie sehr auch ich ihn vermisse …

Dann schlief ich wieder ein, zufrieden, mit wundervollen Gedanken.

Aber schon zwei Stunden später wachte ich gequält wieder auf, ich träumte fast noch ein wenig, denn der Traum war noch in mir.

Keine Liebe, kein Ullimann, sondern ein Einbruch.

Ich wohnte nicht hier, sondern in einer großen Wohnung, ein Haus weiter wohnten liebe Nachbarn, die ich aus meiner Praxis kannte. Er arbeitet für eine große Ölfirma. Der Mann muss immer weit aus dem Haus gehen, um zu telefonieren. Sein Sohn wohnt in den Staaten, in Boston.

Zurück zur Wohnung, ich hörte Geräusche und lief in Richtung Eingangstür. Was ich sah, waren zwei Frauen mittleren Alters, die sich an meinen Sachen bereicherten, ganz gezielt.

Ich hatte keine Angst, im Gegenteil, ich suchte das Gespräch. Zuerst erzählte ich ihnen, dass ich von einer Frührente lebe, dass ich nicht einmal € 50,- in der Woche zum Leben habe. Daraufhin hörten sie mir zu. Ich erzählte beiden, das, was ich noch habe, ist meine Schreiberei. Ich würde für sie und die anderen da draußen über diese Scheiße schreiben, über die Probleme, die uns alle angehen. Meine schöne Wohnung ist Vergangenheit, Erinnerung. Sie stellten ihre vollen Müllsäcke ab und hörten zu.

Dann hatte ich eine Blitzidee und fragte sie, ob sie sich vorstellen könnten, für eine Serie im TV mitzuwirken, gegen Bezahlung. Beide schauten mich fragend an, ihre Blicke irgendwie arm, verzweifelt, naiv.

Ich erzählte, wie ich mir das vorstellen könnte. Eine Serie von Einbrüchen, die aber mit aufgezeichnet werden. Ich tat so, als hätte ich Beziehungen zum Film.

Der Gedanke gefiel beiden, aber bevor ich noch aushandeln konnte, wie ich mit ihnen in Kontakt bleibe, kam eine dritte Person, ein Mann, durchs Fenster dazu. Er gehörte zu einer der Frauen und übte Druck auf sie aus, dann ging er Richtung Bad, ich wollte ihn aufhalten, nicht mein Bad zu benutzen, er tat es und verschwand darin.

Kaum konnte ich noch nach der Telefonnummer fragen, da entschwanden alle drei fluchtartig, genauso, wie sie blitzschnell vor mir gestanden hatten. Ich riss die Tür auf und lief nach draußen, wieder sah ich meinen Nachbarn, wie er mit seinem Handy weit entfernt vom Haus stand, um mit seinem Sohn in den Staaten zu telefonieren.

Er hätte keine Zeit für ein Gespräch mit mir. Ich versuchte auch, eine Stelle mit Empfang zu finden, sodass ich die Polizei anrufen konnte. Ich erzählte alles und dass die Täter keine Handschuhe trugen, man könnte Fingerabdrücke nehmen - und dann wachte ich zusammen mit meinem Traum auf.

Ich überlegte, was so ein Traum für eine Bedeutung haben könnte und wollte dazu meine Freundin Rosa anrufen, die sich ein wenig auskennt. Dann fiel mir mein iPad ein, ich kann ja alles erfragen über Google, genau das tat ich und gab Folgendes ein:

Traumdeutung: Einbruch / Einbrecher.

Ich mache es mal genauso, wie einige der Politiker laut Medien, ich schreibe einen Text ab, aber ich erwähne ordnungsgemäß die Quelle:

(http://www.mental-vital.de/die-letzten-eintraege/685-traumdeutung-dieb-einbruch-einbrecher)

*Träumen wir von Dieben, so haben wir meist Angst vor einem Verlust. Dabei müssen wir nicht immer materielle Besitztümer oder einen Partner verlieren, ebenso gut können uns moralische Wertvorstellungen oder Ideen abhanden kommen. [...] Können wir den Dieb fassen, so stehen die Zeichen auf Erfolg und wir werden keinen Verlust erleiden.*

Weiter las ich in der Deutung:

*Vorsicht! Man hat Neider und kann leicht in eine Hinterlist geraten. [...] Eventuell hat jemand ein Auge auf den Partner geworfen.*

Jetzt bin ich also offensichtlich ein Träumer. Ich hatte zuvor nie etwas auf Traumdeutung gegeben.

Wenn Rosa mir aus ihren Karten lesen wollte, belächelte ich das. Aber ich ließ mir früher oft von einer Person des Vertrauens die Karten legen. Das kann abhängig machen, denn gefährlich wird es,

wenn man wirklich daran glaubt und auf etwas war-
tet, vielleicht den Tod. Ich rate jedem davon ab.

Ich bekenne mich, dass ich sogar mal eine Zeit
lang einen Blick auf das Bildzeitungs-Horoskop warf,
um mein Horoskop zu lesen, denn es las sich immer
positiv und ich war bestätigt in dem, was ich sowieso
tat.

Ich wollte selbst mal eine Kolumne schreiben,
aber bisher ergab sich das nicht. Die junge Frau, die
derzeit das Horoskop schrieb, war sicher eine lebens-
lustige Frau, dass konnte man in ihren Aussagen erkennen, das gefiel mir. Hätte ich nicht besser schreiben können.

Nach dieser morgendlichen Aufregung beschließe
ich, im Bett zu bleiben und mal zu versuchen, nur zu
schlafen. Es gelang mir nicht.

Ich rief meine Freundin aus Hamburg an und hörte, dass Montag der Maler zu ihr kommt. Ich zögerte
nicht lange und begab mich schon eine Stunde später
auf den Weg zu ihr, um mit wegzuräumen, Platz zu
schaffen für den Maler.

Ich fuhr nach Hamburg und bevor ich von der S-
Bahn zur U-Bahn wechselte, ging ich wie ferngesteuert in Richtung Amerikanischen Shop und wollte mir
einen neuen Hut kaufen. Es ist ein US-amerikani-
scher Bekleidungshersteller mit hohem Anspruch.
Meine Kreditkarte hatte ich mit. Ich kaufte mir doch
tatsächlich drei neue Hüte aus New York, einfach der
Wahnsinn. Darunter ein roter Schlapphut, dazu ein
rotes Wollcape, super chic und elegant, ein tolles
Modell.

Später kaufte ich mir noch ein Parfum und meine Freundin besorgte uns den Sekt zum Anstoßen, denn ich war restlos pleite.

Wir haben gearbeitet und zusammen gegessen und da ich mich so allein fühlte, blieb ich über Nacht bei ihr. Ich hatte ihr schon lange sagen wollen, dass ich in Hamburg heimisch geworden bin.

An diesem Abend tat ich es und teilte voller Stolz meinen Sinneswandel mit, denn eigentlich wollte ich nur noch 2 Jahre in Hamburg bleiben und dann nach England ziehen.

Aber manchmal kommt es anders, als wir glauben, so glaubte ich zumindest in dieser Zeit.

Also ist Liebe doch so wie betäubt sein. Das reale Denken lässt nach. Am Ende ist es doch nur der Sex, der glücklich macht? Sex ist gesund und macht frei, das ist jedenfalls klar.

Dagegen ist die Liebe zum Ullimann doch sehr unklar.

Sonntag
Ich hatte nur drei Stunden Schlaf und so bin ich schon morgens früh aufgestanden, habe den Abwasch erledigt und das Frühstück für uns vorbereitet. Ich schlug vor, zusammen zur Kirche zu fahren.

Das Taxi kam. Ich hatte mein Telefon auf stumm gestellt und später vergessen, somit nicht mitbekommen, dass Ulli versuchte, mich anzurufen.

Teil des Gottesdienstes war eine Taufe und wieder hörte ich in der Predigt das Wort „*Effata – öffne dich*".

Und ich dachte diesmal daran, wie ich mich geöffnet habe und dadurch Leid erfahre.

14:53 Uhr: „Hallo mein Kleines, hier spricht die Türkei. Leider treffe ich dich nicht an. Also bis später. Ich wünsche dir alles, alles Gute und alles, alles Liebe. Ich drücke dich und ich küsse dich. Tschüß mein Kleines. Dein Ulli"

So lautete seine Nachricht auf meinem Anrufbeantworter.

## Sonntagabend

Wieder zuhause, aber an Schlaf ist nicht zu denken. Inzwischen ist es 1:43 Uhr nachts, wie soll ich diesen Zustand nur aushalten? Was sagte er noch, *also bis später …* ein Später gab es aber nicht mehr. Das Leben ist anstrengend.

## Montagmorgen

Ich wache mit großen Schmerzen an der Wirbelsäule auf, das Ausräumen gestern bei meiner Freundin hat für mich wieder große, leidige, schmerzhafte Folgen. Ich darf so etwas nicht tun. Aber sie ist doch viel älter als ich, natürlich musste ich ihr helfen.

Zunächst liege ich im Bett und kann nicht aufstehen und überlege, ob ich einen Krankenwagen rufe und mich doch einer Wirbelsäulen-OP unterziehe.

Gott sei Dank wurde es besser und ich konnte zwei Stunden später wieder aufstehen. Ich habe mich an Schmerz gewöhnt und gelernt, nicht gleich in Panik zu geraten.

Irgendwie hoffe ich auch, dass er heute Abend zu mir kommt - nicht der Schmerz, sondern Ullimann. Mal sehen was passiert. Aus diesem Grund muss ich fit sein.

Es passierte schneller etwas, als ich glaubte.

Ein Anruf vom Flughafen Izmir um 14:28 Uhr.

Dieser letzte Anruf aus der Türkei war wohl der schlichtweg Gemeinste.

Er erzählte, dass sie um 17 Uhr abfliegen, aber beide hätten eine Erkältung und er müsste sich um sie kümmern. Sie hätte wohl schon eine Bronchitis von Dresden mitgebracht. Nachts hätte er deswegen nicht schlafen können, so beschwerte er sich bei mir. Und morgen früh, wenn sie wieder zuhause sind, wird er mit ihr zusammen zum Hals-Nasen-Ohren-Arzt fahren. Er möchte doch, dass sie wieder gesund wird, dann könnten sie wieder streiten. Er würde mich wieder anrufen, wenn es ihnen beiden besser geht.

Und das hat er mehrfach wiederholt, bis ich ihm gesagt habe, dass ich das sehr wohl verstanden habe.

Dass ich warten soll, bis er mich anruft - er betonte das sehr stark.

Ich stand während des Gesprächs völlig neben mir.

Weiter sagte er, ich soll gesund bleiben, dann können wir aufeinander aufpassen.

Hä?

Dann küsst er mich auf die Augen und mehr, ich hätte ihn am liebsten angebrüllt, so laut, dass nicht nur diese Frau, sondern der gesamte Flughafen mithört.

Was glaubt er denn, wer er ist, dass er so sehr mit Füßen auf meinem Herzen steht? Glaubt er, ich bin ein Tier?

Ich hatte ihn so groß gesehen, aber er benimmt sich nicht so. Meine Freude ist dahin und meine Hoffnung, mein Glaube sind damit gestorben. Jetzt fühle ich mich nur noch leer und dumm.

Dabei entwickelte sich der Tag doch gut, eine Nachricht meiner Tochter, dass sie wieder schwanger ist. Familienzuwachs, etwas sehr wunderbares, ein Geschenk.

Aber ich bin noch völlig abgelenkt.

Dieser Mann ist nicht für mich bestimmt.

Natürlich könnte ich ihn vom Flughafen abholen, dann würde ich es erleben, wie er reagiert, zwischen zwei Freundinnen. Die eine die Ex, und in die andere frisch verliebt.

Aber ich tue mir das nicht an, es reicht doch, wenn sich einer so blöd und kindisch benimmt. Ich halte nichts von Szenen und ich weiß, wann ich verloren habe. Zumindest meinen Stolz.

*Ein neuer Tag beginnt*
*Ob sie sich an den gestrigen besinnt?*
*Das wäre nicht gut, nicht schön*
*Denn zu diesem Tag möchte sie nicht zurücksehen*

*Sie wacht auf*
*Ihre Augen wollen geschlossen bleiben*
*Traurigkeit so stark*
*Weil sie ihn immer noch mag*

*Ein kaltes Gefühl in ihr*
*Aber er kümmert sich um die andere*

Freundin Elvira ruft an und erzählt mir, dass ihr Freund, den ich vor einer Woche rausgeschmissen habe, ein Schwein angefahren hat, mit Todesfolge. Er sagte zu meiner Freundin, dass er sich so fühlt, als sei er das Schwein.

Wieder müssen wir kurz lachen.

Weiter erzählt sie, dass sie jetzt viel mehr miteinander reden und er hat meine Freundin gebeten, eine Paar-Therapie mit ihm zusammen zu machen.

Vielleicht ist das ein Fortschritt, zumindest reden sie darüber. Bisher hat meine Freundin geschwiegen.

Und jetzt fühle ich mich so, dass ich schweige und nicht rede.

Mir ist wieder eiskalt, ich friere und gegessen habe ich heute nichts. Ich bin so traurig, dass ich keinen klaren Gedanken mehr fassen kann.

Ein Telefonat mit meiner Freundin in Hamburg und ich höre, dass meine Hilfe wieder nötig ist. Es ist schon dunkel, aber ich fahre zu ihr. Es wird ihr helfen und mir helfen.

Wir müssen noch ein weiteres Zimmer freiräumen. Gesagt, getan. Ich machte uns ein Abendbrot und räumte das Wichtigste weg, damit der Maler nichts kaputt macht.

Dann fahre ich wieder zurück.

Am Hauptbahnhof in Hamburg wird mir bereits mulmig und in Harburg wurde mir so richtig speiübel bei dem Gedanken, er könne auch in der Bahn sitzen und mit mir zusammen aussteigen.

Ich kam kaum die Treppe hoch, hatte Angst, umzukippen. Ich kam mir vor wie ein Bettler.

Irgendwie habe ich es bis nach Hause geschafft, dann war mir nur noch kalt und Traurigkeit stand auf meiner Stirn geschrieben. Hundeelend habe ich mich nur noch ins Bett gelegt. Also bin ich doch ein Tier, wenn ich mich wie ein Hund fühle?

Woher hatte ich heute eigentlich meine Kraft?

Er ist sicher auch gut gelandet und bereits wieder mit ihr in seiner Wohnung, vielleicht schon in einem warmen Bett, wie nett.


Dienstag

Glück auf einem Unglück aufbauen ist nicht gut. Aber wenn man etwas zurücklässt, bekommt man etwas Neues oder kann wieder einen Schritt vorwärts gehen. Es ist nie zu spät das Leben zu ändern, manch einer ist nur zu bequem. Wie viele gesunde Jahre haben wir denn noch vor uns?

Es fühlt sich nicht richtig an, wenn ich dem Zusammenbrechen nahe bin. Und wie sieht es in mir aus? Enttäuschung, ein Gefühl in mir, welches meine Hoffnung zerstört. Für mich ist Treue überlebenswichtig. Diese Treue hat er bereits zerstört, so schade.

Loslassen - und wie kommt man dahin?

Es gibt viele Möglichkeiten, zum Beispiel:

- ➢ Das Telefon ausstellen
- ➢ Keine E-Mails beantworten
- ➢ Nicht die Tür aufmachen
- ➢ Abhauen, wegrennen oder verreisen
- ➢ Oder ihm das alles mitten ins Gesicht sagen

Aber innerlich habe ich immer noch Hoffnung. Loslassen ist schwer, und für Ulli ist festhalten schwer, so scheint es. Dieses Glück ist nicht meins, das sollte ich langsam aber sicher erkennen, auch trotz der Küsse durchs Telefon.

Wo gibt es noch Anstand und Ehrlichkeit?

Wenn ich es schaffe, loszulassen, dann ist hiermit mein Kapitel zu Ende.

Schafft er es doch, festzuhalten, dann schreibe ich es weiter in mein Tagebuch und es gibt vielleicht noch ein anderes Ende.

Heute Abend höre ich, dass der Freund meiner Tochter sich nicht über das Baby freut. Er will nicht teilen, so scheint es.

So einen Liebesbeweis erhalten - und der Idiot ist zu dumm, um das Geschenk anzunehmen. Noch ein armer Sünder ... oder Spätzünder?

<u>Nachts 2:24 Uhr</u>
Es ist vorbei!

Bisher sah ich eine Nacht voller Leidenschaft und mehr, eine Zukunft so rosig. Eine Blume, die dabei war, sich vollkommen zu öffnen. Ich sah Glück auf mich zukommen und war bereit, dieses anzunehmen.

Aber jetzt habe ich all dieses vergessen, denn es gibt nur noch ein Bild in meinem Kopf.

Ich sehe ein französisches Bett, in dem ein Mann und eine Frau zusammen liegen. Die Frau bin aber nicht ich!

Ich besitze eine Reisetasche, voll mit Herzschmerz und Leid, das Glück ist darin nicht mehr zu finden.

Morgens um 5:00 Uhr wache ich auf mit einem kurzen Asthmaanfall.

Ich sollte mich jetzt um meine Tochter kümmern, die ein Baby erwartet.

Um 9:00 Uhr bekam ich einen zweiten Asthmaanfall.

Den ganzen Tag Herzschmerzen, fast beängstigend? Nein, darüber lache ich schon lange …

Es ist vorbei

Ende

**Telefon:** Klingeling … klingeling …

„Hallo Elvira, wie geht's, gibt's was Neues?"

„Nicht gut Birgit, er geht am Wochenende mit einer anderen ins Konzert, dieser Arsch."

„Das tut mir leid, aber vielleicht solltest du meinen Schweinehintern kopieren und ihm zuschicken, dem Arsch. Schlag mal die Seite 37 in meinem Gesundheitsratgeber auf, unter Pilze im Darm, da lacht dich mein Schwein ohne Kopf an, mit gekringeltem Schwanz, genau das Richtige in dieser Situation …"

Und Elvira beginnt zu lachen, ich auch.

„Und wie geht es dir, Birgit?"

„Der Mann in schwarz ist mir jetzt unheimlich, denn ich kann nicht mehr über das Leben lachen, sondern über den Tod. Stell dir mal vor, was ich gerade mache? Ich recherchiere noch mal im Internet über den Tod. Hör mal zu, in Hamburg habe ich mit mehreren Bestattungsunternehmen gesprochen und davon gehört, dass es nur wenige machen - dir meine Urne mitgeben. Aber in Holland ist das die Normalität und immer noch kostengünstiger. Ich lese gerade einen Bericht von einem 72-Jährigen, das Thema heißt „Ich als Urne" – Kaffeefahrt ins Krematorium, kannst du googeln. Ich habe so gelacht. Schicke ich dir gleich mal per E-Mail. Du weißt ja, dass ich meinen letzten Willen schreiben möchte, damit meine Kinder und Freunde das auch wissen. Meine Einäscherung als so genannte Kaffeefahrt nach Holland und wir sparen auch noch dabei. Holland ist als günstigste Alternative für die Einäscherung anerkannt. Na ja Elvira, wenn ich dran bin, mich der Mann in schwarz holt oder ich glücklich einschlafe, weil ich keine Lust mehr aufs Leben habe, dann habe ich wenigstens Ruhe, was die Zeremonie betrifft. Mir ist es schon zu Lebzeiten wichtig, auf welchem Stuhl ich sitze, und wo der Platz ist, so ist es mir genauso wichtig zu wissen, wo meine Asche bleibt, mein letzter wichtiger Rest. Den Meisten ist das egal, ich weiß das. Aber mir nicht. Vielleicht sollte ich etwas Geld für die Reise hinterlassen?"

Und Elvira und ich lachen uns in den Bauch.

„Und denk an die Bilder auf der Champagnerflasche, Birgit. Hi, hi, hi. Oder wollen wir doch eine Kaffeedose nehmen?"

Wir können uns kaum halten vor Lachen.

E-Mail 19. November von Ulli
Betreff: *Liebe, Hoffnung*
Meine liebe kleine Birgit,
große Verunsicherung auch bei mir.
Wir sind uns ein paar Monate zu früh begegnet, sonst wäre es für uns sicher viel einfacher geworden.
Ich möchte Dir gerne noch einmal erklären, wie wir in diese, insbesondere für Dich, desolate Situation geraten sind.
Ohne zu ahnen, dass der liebe Gott mir noch ein Mal eine Königin des Herzens schenken würde, bin ich Vereinbarungen eingegangen.
Mein Naturell gebietet mir, Vereinbarungen einzuhalten.

Ich werde Dich in sehr kurzer Zeit in meine Arme schließen. Aber wir haben noch einige kritische Situationen zu überstehen. Ich habe schon einige Male erklärt, dass ich verstehen würde, wenn Du diese derzeitige Situation nicht mehr mittragen würdest.

Aber für unsere junge Liebe: Wir kommen durch!!!

Herzliche, liebe Grüße

Dein U.

Birgits Anrufbeantworter: Zwei neue Nachrichten.

Erste: Ulli hat angerufen, heute um 20:08 Uhr: „Meine liebe Birgit, ich habe so einige E-Mails abgeschickt an dich. Ja, vielleicht meldest du dich mal, wenn du an Deck bist. Bis dann, habe ich dich ganz doll lieb."

Ende der Nachricht.

Zweite Nachricht, heute: Ulli hat angerufen, um 20:24 Uhr, ohne Mailbox-Nachricht.

Es sind keine weiteren Nachrichten eingegangen.

Mir ist schlecht, das klingt alles so, als sei sie abgereist und er ist wieder frei und erinnert sich.

Ich weiß nicht, an was ich mich zuerst erinnern soll. Dass es eine desolate Situation ist, wie er sie bezeichnet. So desolat, dass keine Hoffnung besteht?

Oder erinnere ich mich an den letzten Tag, als er noch mit mir sprechen konnte?

Und mit ihrer Ankunft kein Wort mehr, kein Anruf, bis er am Flughafen war und sich verabschiedete, mit den Worten „Das gehört sich so". Ich weiß noch jedes Wort und ich erinnere mich an die unzähligen Worte, die er nicht gesprochen hat.

Wie ausgelöscht war er fort. Ich erinnere mich an eine grausame Stille.

Ich habe Angst, ihm wieder zu begegnen. Wird es weiter schmerzen? Kann ich jemals wieder in seine Wohnung gehen, ohne daran zu denken, dass er in seinem Bett mit einer anderen Frau gelegen hat?

Ich weiß es nicht, wie auch. Ein tiefer Schmerz in mir - und er spricht vom Grünkohlessen.

Wieder lese ich seine letzte E-Mail durch. Er glaubt wirklich, dass ich jetzt die Frau bin, die am Wochenende mit ihm in seinem Bett liegen wird. Sicher hat er das Bett frisch bezogen, aber sicher ist auch, dass ich dieses Bild nicht aus meinem Kopf bekomme, aus meinem Verstand.

Ich vermisse ihn so sehr, wieder bekomme ich Herzschmerzen und wieder versucht er mich anzurufen, um 21:58 Uhr, ohne Mailbox-Nachricht. Ich kann nicht sprechen.

Vielleicht hilft er mir, auch wieder aus diesem Zustand herauszufinden.

Auch der Sex kann nicht mehr helfen, wenn der Mann nicht weiß, wie er eine Frau auch außerhalb des Bettes glücklich machen kann. Dann lobe ich mir doch nur eine Nacht, wenn die vollkommen ist, denn dann bleiben gute Erinnerungen.

Aber mich an einen Ullimann zu erinnern, macht keinen Spaß.

Birgits Anrufbeantworter: Zwei neue Nachrichten.
Erste: Ulli hat angerufen, heute 21:58 Uhr.
Zweite: Heute um 22:00 Uhr, ohne Mailbox-Nachricht.
Ende.
Es sind keine weiteren Nachrichten eingegangen.

**Telefon:** Klingeling ... klingeling ...
„Hallo Elvira, na, was gibt's zu so später Stunde? Gute oder schlechte Nachrichten? Schlecht ist mir nämlich schon."
„Ach Birgit, dieses Schwein sagt mir doch ins Gesicht, dass er mit der anderen nicht nur am Wochenende ein Konzert besucht, er sagt mir, dass er mit ihr im Hotel bleibt. Birgit, der sagt doch tatsächlich, dass sie sich aus Kostengründen ein Doppelzimmer teilen, ich bin sprachlos!"
„Ach Elvira, jetzt könnte ich dir sagen, warum soll es dir besser gehen als mir, aber das denke ich nicht. Es tut mir so leid. Ich weiß, wie es ist, daran zu denken und immer wieder daran erinnert zu werden, das tut verdammt weh. Das hast du nicht verdient. Du bist so eine schöne Frau und könntest doch jeden haben, aber diesen Mistkerl musst du ausgerechnet lieben. Vergiss ihn! Ich wünsche ihm, dass er noch viele Schweine überfährt und sich darin sieht, aber das soll nur in seinen Träumen erscheinen, jede Nacht!"

„Birgit, sind wir denn eine Massenware von Idiotinnen, sind wir denn nichts wert?"

„Stell dir vor, mein Ulli schläft anscheinend seit heute wieder allein in seinem Bett, plötzlich meldet er sich heute wieder, er erinnert sich. Mir ist so schlecht, dass mich nichts mehr aus der Fassung bringen kann. Es könnte jetzt ein Flugzeug durchs Haus fliegen, ich bin starr, so fühle ich mich gerade. Ich kann nicht mit ihm sprechen, ich weiß nicht, was ich ihm sagen soll, als hätte ich mit einem anderen im Bett gelegen und das für so lange. Aber ich habe mir doch gar keine Schuld aufgeladen, warum trage ich seine? Was ist, wenn er mich fragt, wie es mir geht, was ich gemacht habe? Ich werde antworten: gut. Vielleicht sage ich auch die Wahrheit und erzähle ihm, dass ich mich mit dem Tod beschäftigt habe. Nein, ich kann nicht sprechen, vielleicht morgen … Ach Elvira, warum ist das Leben so anstrengend? Wieder ein Minustag, den ich nicht mal nachholen kann. Unsere so schöne Zeit wird uns genommen, von Männern, die wir lieben, das klingt wie eine falsche Oper. Aber eines hat mir das Ganze gebracht, ich habe keine Angst mehr vor dem Leben, genauso wie vor dem Tod."

„Ja Birgit, ich verstehe dich. Weißt du, jetzt haben wir beide auch noch etwas Gemeinsames."

„So, was denn?"

„Wir lieben beide Männer, die aus Kostengründen notgedrungen mit anderen Frauen schlafen, ha, ha, ha …"

78

„Du hast einen englischen Humor. Vielleicht ist morgen ein besserer Tag. Gute Nacht, Elvira."

„Dir auch eine gute Nacht. Und denk daran, wir haben ja uns, diese Freundschaft kann uns auch kein Mann nehmen, vielleicht einen Tag oder Wochen oder Jahre, aber nicht unsere Freundschaft. Du liebst ihn, also kannst du genauso wenig dagegen tun wie ich."

„Ach weißt du, es ist genauso wie damals."

„Du denkst wieder an Erhard?"

„Ja, das tut ebenso weh, obwohl Erhard ein Teil meines Lebens bedeutet. Diesen Mann kenne ich kaum und trotzdem fühle ich so stark. Ich danke dir für deine Worte. Gute Nacht, meine Süße."

„Tschau, Birgit und vergiss den Blödmann lieber."

E-Mail an Ulli am 21. November 00:54

Mein lieber Schatz,

schön, dass es Dir wieder gut geht.

Natürlich vermisse ich Dich und habe Sehnsucht, doch ist es schwer. Vorher war es schön und leicht zugleich. Vielleicht sollten wir versuchen, dort wieder anzufangen, wo es aufhörte? Ich denke dabei nicht ans Bett, sondern an das tolle romantische Essen vorher im syrischen Restaurant. Wir hatten anschließend so eine wundervolle Nacht.

Wenn Du das auch möchtest, versuch doch für Freitagabend ab 17:00 Uhr einen Tisch zu bestellen, wieder oben. Die Telefonnummer hast Du ja.

Ich denke, das wäre ein guter Anfang. Jetzt versuche ich noch etwas zu schlafen, morgen habe ich vieles vor. Gute Nacht
Ich umarme Dich
Deine Birgit

> E-Mail von Ulli am 21. November, morgens 8:50
> Liebe kleine Birgit,
> am Freitag hat meine Schwester ihren 76. Geburtstag und ich habe sie und ihren Mann zu mir eingeladen.
> Ich habe Dir noch weitere Mails geschickt. Siehe sie Dir in Ruhe an.
> Es hat Dich sehr lieb Dein
> U.

Zunächst weiß ich gar nicht, wo mir der Kopf steht, ich bin völlig durcheinander, durch ihn. Ich habe Angst, dass er mir anmerken könnte, wie sehr ich gelitten habe, leide. Deswegen hatte ich gedacht, der Rahmen für unser Wiedersehen ist ganz wichtig.

Der Abend im syrischen Restaurant war etwas ganz Besonderes, und wir hatten das spontan entdeckt. Eine so schöne Erinnerung, auch an das, was ich ihm dort sagte: „Ich möchte jetzt nackt für dich tanzen.", ich hatte Alkohol intus und fühlte mich so sehr frei. Allerdings war das Essen dort sehr teuer, aber es machte scharf, kann man so sagen. Und danach die wunderschöne Nacht.

Ich zerfließe förmlich vor Sehnsucht. Ich habe Angst davor, in seiner Wohnung zu stehen und diese furchtbaren Bilder von der Frau in seinem Bett kommen auf.

Und einen Tag später wollen wir zusammen Grünkohl essen, aber nicht allein, sondern mit der Masse.

Nein, das ist nicht gut.

Ich versuche nochmals, das zum Ausdruck zu bringen, den Vorschlag mit dem syrischen Restaurant. Wenn ich nur an den guten Wein denke, oder an das Essen, einfach nur lecker.

Vorher möchte ich nicht mit ihm reden, aus Angst, falsche Worte zu wählen. Mit Wein und gefülltem Magen wäre es sicher einfacher. Ich hasse Dramen und möchte keine Missverständnisse hervorrufen.

Aber es wäre doch so gut, wenn er mit mir über alles reden würde. Vielleicht will ich nicht die Wahrheit hören, aber vielleicht ist die Wahrheit auch gut anzuhören. Ich bin schon ganz irre, vor lauter Grübeln und Nachdenken.

Gleich wird es klingeln und der Handwerker steht wegen meiner Küche vor der Tür, dann der Elektriker, dann meine Vermieterin, ich brauche einen klaren Kopf.

Und anschließend möchte ich wieder zu meiner Freundin fahren, wie an jedem Tag, um ihr wenigstens Trost zu geben, wegen der Malerei in ihrer Wohnung.

Ich verspüre auch nur den einen Gedanken, in seine Arme zu fallen, doch ist das schwer. Sicher wäre unser erstes Wiedersehen mit der Romantik im Hintergrund besser als in seiner Wohnung.

Wieder erleide ich einen Asthmaanfall, wirklich zu blöd. Und die Vermieterin und ich haben vor, mit dem Kioskbesitzer unten zu reden, wegen des nächtlichen Krachs, auch das noch.

Ich habe wirklich andere Sorgen.

E-Mail Antwort von Birgit um 9:19
Lieber Ulli,
ja, dann feiert Freitag den Geburtstag, das geht natürlich vor.
Dann versuch doch für Samstag unseren Tisch zu bestellen, aber ich kann auch dann erst um 17:00 Uhr dort sein. Vielleicht klappt's, das wäre sehr schön.
Kuss Birgit, ich muss schnell los …

E-Mail Antwort von Ulli um 10:13
Hallo Birgit,
ich kann Deine Lage sehr gut verstehen.
Daher werde ich keine Plätze für Sonnabend bestellen.
Ich wünsche Dir alles Gute
Liebe Grüße

Hä, jetzt verstehe ich rein gar nichts mehr. Ist er eingeschnappt, weil ich *lieber Ulli* geschrieben habe und nicht *mein Schatz*? Oder war es falsch, einen Treffpunkt vorzuschlagen?

Jetzt habe ich das Gefühl, ein Elefant erdrückt mich mit seinen Füßen. Was für ein Trampeltier! Damit gibt er mir das Gefühl, dass ich mich erklären muss, aber warum zum Teufel ich? Was habe ich denn eigentlich getan? Ich soll doch seine Last mittragen, und nun? Oder hat er nur auf ein falsches Wort von mir gewartet, weil er zu feige ist, mir das ins Gesicht zu sagen? Er ist vielleicht auf irgendeine Art abhängig von dieser Frau?

Ich verstehe nichts und komme mir vor wie eine arme Vollidiotin. Mir ist übel, ich fühle mich so leer … Jetzt ist er abweisend und macht alles noch schlimmer. Ulli war ehrlich zu mir und ich habe mir doch weiß Gott nichts davon anmerken lassen, wie sehr ich darunter leide.

Was kann ich jetzt nur tun? Es geht hier um Moral und Anstand, eine absolute verzwickte Situation, so scheint es. Ich habe doch immer gesagt, man kann alles erreichen, man muss es auch wollen. Wieder treffen Glück und Leid zusammen. Aber ich gebe die Hoffnung nicht auf, ich möchte diese Liebe nicht verlieren. Wegen einer E-Mail scheint alles Glück verloren, nein. Ich gebe ihm die Chance, sich zu erklären, wenn er das will. Vielleicht muss ich ihn wirklich wie ein Kind behandeln? Aber dann macht mir der Sex auch keinen Spaß mehr.

Ein Missverständnis und es ist aus, ohne dass ich es verstehe.

Und nun muss ich wieder nach Eppendorf fahren, um meiner Freundin zu helfen. Ich muss ihr beistehen, das ist sehr wichtig, ich darf jetzt nicht an mich denken. Ihre große Wohnung ist ein reines Chaos.

Sie wird mich wieder fragen: „Was macht der Schatz", und ich werde ihr wieder antworten, dass wir schön Essen gehen werden. Sie soll sich keine Sorgen um mich machen.

Endlich, meine Vermieterin kommt und wir trinken wie immer Earl Grey Tee. Ich laufe schnell los, um für jeden, auch für den Küchenmonteur, ein Stück Sachertorte zu kaufen. Die Zeremonie vollziehe ich jedes Mal, wenn die Hausbesitzerin mich besucht. Früher wurde ich so von meinen Mietern empfangen, das hatte mir so gut gefallen.

Natürlich habe ich jetzt sicher keinen Appetit, aber meinen Kummer muss ich abschalten. Und Sachertorte hilft bestimmt dabei.

Meine gelagerte Küche ist nach einer Woche Arbeit nun endlich soweit eingebaut. Sie lagerte in einer feuchten Garage. Es fehlt nur noch der Elektriker für den Herd und die Abzugshaube, hoffentlich hat der teure Herd nicht auch noch Schaden genommen.

Ich soll den Schlüssel der Wohnung unter mir in Empfang nehmen für den Elektriker, der noch kommt. Dann sprechen wir über den Krach unten vor dem Haus, und ich schlage vor, zusammen mit der Hausbesitzerin, mit dem Kioskbesitzer nochmals zu reden. Reden ist immer gut, und das machen wir.

Vielleicht wird er ab jetzt den Kiosk schon um 24:00 Uhr schließen, das wäre ein Traum, denn oft treffen sich dort Leute in der Zeit von 00:00 bis 3:00 Uhr morgens, das ist sehr laut.

Meine Gedanken sind wieder bei Ulli und Gott sei Dank verabschieden sich die Vermieterin und der Monteur. Der aber nimmt meinen Schlüssel - ganz in Gedanken - mit und ich hätte den der Vermieterin entgegen nehmen müssen, aber ich habe einfach nicht daran gedacht, bin zu abgelenkt.

Ist mir jetzt auch egal, ich fahre einfach los nach Eppendorf, das muss ich noch schaffen.

Unterwegs laufen mir die Tränen, ich setze meine große Brille auf und steige eine Haltestelle zu früh aus, irre hin und her, meine Konzentration ist dahin. Ich habe mich in Eppendorf noch niemals verlaufen, heute tat ich das. Dann stolperte ich auch noch.

Aber als ich endlich bei meiner Freundin war, gab ich mein Bestes, sie bemerkte nichts von meinem Kummer. Wir machten ein bisschen Ordnung, räumten hin und her.

Dann bin ich - wieder wie in einem Rausch - Richtung eigener Wohnung gefahren, ich stand völlig neben mir. Und so verzweifelt wie ich war, wähle ich seine Nummern, aber auf beiden Anschlüssen jeweils der Anrufbeantworter. Ich habe keine Ahnung, was ich für einen Blödsinn darauf gesprochen habe, aber ich weiß, dass ich am liebsten um seine Liebe und sofortige Hilfe gebettelt hätte.

Zuhause angekommen, mit der letzten Kraft die Treppe hoch, war es aus. Ich habe völlig schlapp gemacht und hatte sehr starke Herzschmerzen, dazu kam ein Tinnitus, das Geräusch im Ohr wollte nicht wieder aufhören, es wurde mir unheimlich.

Ich hielt sein Foto in der Hand, wie er mich anlacht, und heulte los. Ich heulte die ganze Nacht.

Nicht zu wissen, was los ist, ist nur Folter.

Das Leid hat mich eingeholt, die Herzschmerzen fast unerträglich. Krankenwagen, nein. Wollsocken, mehrere Pullover und Decken, trotzdem schlottere ich vor Kälte. Er fehlt mir so.

Ich lese seine E-Mails wieder durch und lasse einfach mal die letzte weg, dann klingt doch alles so schön, na ja, fast schön. Meinen Schutzschild habe ich abgelegt und kann wieder losheulen. Es war nur die Hölle, dieser unerträgliche Kummer, wegen einer E-Mail? Was habe ich falsch gemacht, die Idee mit dem syrischen Restaurant? Zu teuer, oder weil ich diese Idee vorgegeben habe? Ich muss einfach bescheidener leben, ohne jeglichen Anspruch. Wenn mir das für mich gelingt, dann zeige ich wirklich Größe.

Wir Frauen sind einfach zu selbstständig. Ein Anspruch auf die Liebe, ha, ha, was für ein Blödsinn. Abhängigkeit ist doch das Schlimmste, vor allem von was? Von einem Mann?!

Ich komme mir vor wie ein lahmender Hund ohne Namen. Aber wenn ich keinen Namen hätte, würde es mir sicher besser gehen, dann würde ich sicher keine Ansprüche mehr an das Leben stellen. Ich wollte das doch lernen, aber bin durch diesen Mann wieder zurück in ein Leben, welches ich vor langer Zeit aufgegeben hatte. Und nun besitze ich auch noch neue Hüte, was für ein Quatsch. Weniger ist mehr und ohne Ansprüche auf das Leben geht es mir sicher besser.

Aber wie komme ich von ihm los? Ich will das doch gar nicht.

Meine Hand zittert, auch das noch.

Morgens bin ich eingeschlafen und erst um 10:45 Uhr wieder aufgewacht, sofort habe ich an ihn gedacht und meine E-Mails gecheckt, aber nichts.

Und dann habe ich mir einfach noch mal vorgestellt, dass, wenn er mir nicht diese letzte Mail geschickt hätte, der Kummer vielleicht unnötig sei.

Wie ferngesteuert schrieb ich ihm und vergaß die letzte E-Mail. Vielleicht reicht es ja schon, wenn ich nicht *lieber Ulli* schreibe, sondern *mein Liebling*, klingt gut. Und auf dieses blöde Grünkohlessen mit der Masse muss ich mich auch freuen, na ja. Ein Essen zu zweit beim Italiener wäre mir lieber.

E-Mail an Ulli 22. November um 10:55
Mein Liebling,
gestern war kein guter Tag für mich. Verwirrungen durch die Computertechnik und sehr viel Stress. Ich war abends völlig am Ende. Deine Kraft fehlt mir jetzt besonders. Ich hatte hier in der ganzen Woche Handwerker und anschließend fahre ich täglich nach Eppendorf, um dort noch zu helfen. Das erzähle ich Dir aber alles später. Nun zu uns, natürlich werden wir uns morgen sehen und Sonntag den Termin zum Grünkohlessen habe ich auch nicht vergessen. Ich muss mich aber

morgen zuerst um meine Freundin in Eppendorf kümmern, ich mache mir große Sorgen um sie. Aber dann möchte ich in Deine Arme fallen, sonst nichts. Vielleicht hast Du ja Lust, mich dort am Nachmittag abzuholen. Das wäre natürlich sehr schön. Ich freue mich so sehr auf Dich!

Wenn Du meinem Vorschlag zustimmst, morgen 16:00 Uhr wäre super. Wir haben uns sicher viel zu erzählen.

Mit großer Sehnsucht
Birgit

Im nächsten Moment kommen zwei verspätete E-Mails an:

E-Mail vom 20. November 17:30 von Ulli
Mein lieber kleiner Schatz,

so nach und nach komme ich jetzt dazu, meine Post auch statarisch zu lesen.

Ich bin sehr, sehr glücklich, ein wertvolles Buch in Händen halten zu dürfen.

Ich werde eine Schleife nach der anderen versuchen zu öffnen. Vielleicht auch zwei oder drei auf einmal.

Ich werde auch an meine Grenzen kommen, dann brauche ich Deine Hilfe. Ich fürchte nämlich, dass meine nicht gut ausgeprägte Fantasie mich hin und wieder im Stich lassen wird.

Ich bin auf unsere gemeinsame Zukunft sehr neugierig. Ich freue mich auf Dich!

Ganz liebe Grüße und viele
dicke Küsse von Deinem
U.

E-Mail 20. November 17:55 von Ulli
Betreff: *Sehnsucht, Sehnsucht*
Hallo mein lieber Schatz,
ich muss Dich ganz schnell wieder umar-
men.
Hast Du Lust und Zeit Samstag auf einen
Kaffee bei mir?
Sonntagnachmittag ist Grünkohlessen in
Bergedorf.
Wir könnten auch von hier fahren.
Ich freue mich auf Deine Antwort
Und bin mit vielen dicken Küssen
Dein U.

N. S.: Herzlichen Dank für das Ge-
burtstagsgeschenk.
Dafür noch 100 000 Küsse extra!!!

Ist irgendwie komisch, wenn E-Mails zwei Tage später ankommen. Also hatte er doch nur gute Gedanken. Dann liege ich wohl richtig, dass er sicher eingeschnappt war, wegen meiner Anrede? Kann schon
sein.
Kaum sitze ich in der S-Bahn, denke ich an ihn.
Es ist heute Freitag und vor 2 Monaten begegneten
wir uns auf dem Klavierkonzert. Ich erinnere mich

und träume, im nächsten Moment höre ich italienische Musik mit Gesang, so schön.

Aber das ist kein Traum, sondern ein Mann mit seinem Radio in der S-Bahn, der dazu wunderschön singt, passend zu meiner Stimmung. Ich gebe ihm 2 Euro.

*Ein Tag so lang ohne dich*
*Morgens beginnt der Tag mit Glück*
*Abends mit Sehnsucht*
*Ich will dich zurück*

E-Mail an Ulli 22. November 12:23
Mein Liebling,
heute vor 8 Wochen hat uns das Schicksal zusammengeführt.
Ich bin wieder auf dem Weg nach Eppendorf und denke an Dich.
Ich möchte Dich jetzt sofort …
Liebe Grüße auch an Deine Schwester und Euch eine schöne Geburtstagsfeier.
Ich umarme Dich nackt, aber leider sitze ich gerade in der S-Bahn.

Deine Birgit und danke für Deine zwei schönen E-Mails, auch wenn sie verspätet bei mir angekommen sind.

Angekommen in Eppendorf, hat der Maler bereits zwei Räume fertig. Wir essen zusammen, ich wasche ab und wir räumen schon wieder so mancherlei ein.

Meiner Freundin geht es wieder viel besser, denn wir sehen den Erfolg.

Und ich denke wieder an Ulli.

„Morgen Nachmittag bin ich verabredet und Sonntag komme ich nicht", mit diesen letzten Worten verabschiede ich mich.

Blitzschnell bin ich zu Hause und habe nur den einen Gedanken, hat er sich per E-Mail gemeldet oder ist es vorbei? Wenn er sich nicht meldet, dann ist es vorbei. Aber ich habe es wenigstens versucht, mehr geht nicht.

Abends spät komme ich nach Hause und der erste Blick gilt dem iPad. Ich bin sehr aufgeregt und kann es kaum erwarten, dann kommt seine E-Mail, die er bereits mittags an mich abgeschickt hat.

E-Mail an Birgit 12:48
Liebste Birgit,
leider ist mir nicht allzu wohl. Die Erkältung hat den lieben Ullimann vehement befallen. Daher habe ich keine Neigung irgendwo hin zu gehen.
Vorgestellt hatte ich mir, Sonnabend hier zu verbringen und auch von hier nach Bergedorf zu fahren. Ich brauche Deine Nähe und auch Deine Hilfe.
Das ist mein Vorschlag. Ich werde Dich auch nicht abholen.
Wenn Du kommen möchtest, gerne. Egal wann.
Ganz liebe Grüße von Deinem
U.

E-Mail an Ulli

(antworten konnte ich erst abends um 19:51)

Mein kranker Liebling

Das klingt nicht gut! Morgen helfe ich wieder ab 10 Uhr bis 15 Uhr in Eppendorf, dann komme ich, vielleicht mache ich mich vorher noch frisch, mal sehen.

In welchen Bus muss ich ab Harburg Bahnhof einsteigen und wie heißt Deine Haltestelle?

Bis morgen mein Liebling …

Ich weiß da ein gutes Heilmittel, küssen bis zum Umfallen

Deine Birgit


Am Abend rief er mich an und sagte, dass er für einen Moment gezögert hätte, mit uns. Aber er ist froh, dass ich ihm geschrieben habe und erzählt, dass er krank ist und zwei Antibiotika am Tag einnimmt. Er freut sich morgen auf mich und will mit mir ausführlich reden.

Ich habe mir währenddessen auf die Zunge gebissen und mir nichts anmerken lassen, dass ich doch eigentlich nicht in seine Wohnung möchte. In diesem Moment konnte ich die fremde Frau direkt riechen, so unangenehm war mir der Gedanke, der Blick hin zu seinem Bett. Ich kann nur versuchen, ihm vorsichtig klar zu machen, dass er über Nacht mit zu mir kommt.

Dann sagte er: „Wir können vielleicht morgen Abend noch ausgehen."

Aber ich antwortete ihm, dass mich das Ausgehen überhaupt nicht interessiert, das Restaurant hätte ich nur vorgeschlagen, weil es so wunderschöne Erinnerungen an uns hat.

Ich hörte heraus, dass er mit mir reden, reden, reden will und das klingt doch wirklich gut.

Danke lieber Gott, und vielleicht kann ich auch wieder ein paar Stunden schlafen. Wenn wir beide ein großes Herz haben, wird am Ende das Glück siegen.

Und welchen Hut trage ich morgen?

Einen Tag später, 23. November
Zuerst habe ich fast verschlafen, denn die Nacht war wieder sehr kurz. Getragen habe ich einen braunen Schlapphut, darunter kann ich mein Gesicht verstecken, falls nötig. Ich verbrachte ja den Tag wieder in Eppendorf und half meiner Freundin.

Dann war es soweit, genau 15:00 Uhr.

Ich war den gesamten Tag so aufgeregt, nicht zu wissen, wie dieser Tag enden wird. Ich beschloss, so wie ich war, auf direktem Wege zu ihm durchzufahren, ich war elegant gekleidet.

Ich kam mit der S-Bahn am Harburger Bahnhof an und ging langsam auf seinen Bus zu, aber ließ den ersten ohne mich abfahren. Ich ließ den zweiten Bus ebenfalls ohne mich abfahren. Ich stockte immer mehr und ging langsam Schritte zurück.

Was in diesem Moment in mir vorging, kann ich kaum beschreiben, ich war so klein. Was mache ich da eigentlich?

- Er, der Besuch einer anderen hatte, die zusammen mit ihm in seinem Bett schlief.
- Er, der mit einer anderen Urlaub zusammen machte, mit der er in einem Bett schlief.
- Dieser Mann besitzt die Frechheit, die Kühnheit, mich zu sich nach Hause einzuladen, damit ich mit ihm in seinem Bett schlafe, oh Gott bewahre mich davor! Auf keinem Fall! Der Gedanke an Sex ist mir vergangen, schade.

Ich kam mir plötzlich so gedemütigt vor, als sei ich eine dumme, naive Frau, mit der man es ja machen kann. Immer wieder dieses eine Bild vor mir. Was ist, wenn ich seine Wohnung betrete? Was passiert dann mit mir, werde ich ersticken oder besser tot umfallen?

Nein, ich kann doch nie wieder diese Wohnung betreten, es ist vorbei. Er ist doch so auf mir herumgetreten, wie kann er mich zu sich einladen, so eine gefühllose Kühnheit. Schläft mit mir und verbringt anschließend den Urlaub mit einer anderen, in einem Bett, aber da ist ja nichts. Wer bin ich denn, mich manipulieren zu lassen?

Wieder gehe ich mehrere Schritte zurück. Ich lasse bereits mit mir machen. Ihm geht es dabei gut, kaum ist die eine Frau weg, kommt die nächste?

Ich kann nicht beschreiben, was ich fühle, dennoch ist diese Liebe und Sehnsucht nach diesem Mann so tief in mir, dass ich doch tatsächlich in den übernächsten Bus einsteige. Es sind nur 4 Stationen und ich kann nicht mehr zurück, ich bin gefangen, in

Gefühle, die ich nicht einfach ausschalten kann, der Bus fährt los.

Warum gibt es denn dafür keinen Knopf, einfach die Gefühle abschalten, das wäre doch prima, oder nicht?

Ich sehe ihn auf mich zukommen, die Situation ist beklemmend, für mich so demütigend. Doch versuche ich mich bei ihm unterzuhaken und erzähle ihm zunächst von Eppendorf und der Arbeit.

Dann fragt er mich doch tatsächlich, wie es mir geht, und ich antworte, dass ich zuerst die Busse ohne mich wegfahren ließ, es ist mir nicht wohl dabei, ihn in seiner Wohnung zu besuchen. Weiter sagte ich, es wäre besser für mich gewesen, wenn wir uns auf neutralem Boden, wie in dem vorgeschlagenen Restaurant, getroffen hätten.

Daraufhin zeigt er sofort reserviert mit dem Arm auf die andere Straßenseite und sagt „Da fährt dein Bus zurück".

Wie konnte er so hartherzig und eiskalt reagieren? Noch tiefer konnte ich in diesem Moment gar nicht sinken.

Ich habe keine Ahnung, woher ich in diesem Moment Kraft bekam, aber da müssen andere Mächte im Spiel gewesen sein, gibt es einen Gott, der zur richtigen Zeit eingreift? Mir kam es so vor und ich ging mit ihm mit, gedemütigt, noch kleiner. Aber ich wollte unsere Liebe nicht einfach so wegwerfen.

Liebe hat eine so große Bedeutung und wenn man sie erfährt, darf man doch nicht so respektlos damit umgehen.

In seiner Wohnung angekommen - Gott sei Dank, die Schlafzimmertür war zu -, begann er wirklich zu reden. Leider nicht das, was ich gerne gehört hätte.

Er hat ihr nichts von mir erzählt und sah auch keinen Grund.

Ich habe so geweint, und die Kraft wegzurennen hatte ich auch nicht. Ich bekam wieder ein Stofftaschentuch von ihm.

Er schlug vor, zum Jugoslawen Essen zu gehen, gleich in der Nähe, aber ich konnte nicht. Er erwähnte aber auch das feudale syrische Restaurant, das sei ihm jetzt zu teuer.

Ich schlug vor, dass er doch seine Spaghetti kochen könnte und das tat er, dazu gab's Wein, der vom Geburtstag übrig war, aber mir nicht schmeckte. Er machte keine neue Flasche auf, nicht für mich.

Ein Glas Wein hätte mir bestimmt in dieser verfahrenen Situation gut getan, egal, ihm hat es geschmeckt.

Wir aßen, ich weinte, wir sprachen, ich weinte, dann sprach ich nur noch in Etappen und erzählte aber nur etwas von meinem Leid. Ich sprach mit ihm wie mit einem kleinen Kind, um das, was er mit mir machte, verständlich rüberzubringen.

Er beharrte doch stur und steif tatsächlich darauf, dass es keinen Grund für ihn gebe, dass er seiner Freundin aus Dresden von mir erzählen müsste.

Ich gab ihm den Tipp, einfach mal in eine Kneipe zu gehen und dort ein Männergespräch zu führen, wenn er keine Freunde hat, um sich mal anzuhören, was er mir eigentlich zumutet. Weiter versuchte ich ihm zu erklären, wie es denn wäre, wenn ich das mit ihm machen würde, dass er das auf keinem Fall mitmachen wird. Damit lag ich sicher richtig.

Er sagte mir, dass er die Bilder der anderen Frau bereits abgehängt hatte.

Na bravo, wie toll, Beifall!

Aber die komische Oper hat noch einen weiteren Akt, nämlich den, dass der liebe Ullimann mir doch tatsächlich ins Gesicht sagt, dass er, als er diesen einen Moment gezögert hatte, ihre Bilder gleich wieder aufgehängt hat.

Bravo, Applaus.

Wird die komische Oper doch zu einem Drama? Alle, die das hier lesen, würden ihn mit faulen Tomaten beschmeißen, so wie ich es am liebsten täte.

Er bedankte sich bei mir, dass ich trotzdem zu ihm gekommen bin, unsere Rettung. Er hat sich so auf mich gefreut - und hat tatsächlich die Bilder wieder aufgehängt.

Noch mal bravo, Applaus für Ulli, welch eine Meisterleistung, und das auch noch zu erwähnen.

Mir fehlen schlichtweg die Worte, ich bin wieder oder immer noch fassungslos.

Na ja, trotz allem gesteht er mir seine Liebe und Hilflosigkeit, eben wie ein Kind.

Ich dachte doch, ich sei diejenige, die dringend Hilfe nötig habe.

Da haben wir es wieder, es ist nicht klug, dass ich an mich denke. Ich nehme mich schon lange nicht mehr wichtig, und gebe auch gerne ab.

Ich darf nicht so denken, das ist falsch! Er bemüht sich, das sollte ich sehen. Aber genau das sehe ich nicht.

Den großen Kummer in mir zeige ich nicht, die Schmerzen in mir auch nicht. Wem würde das auch nützen, niemandem.

Ich schlug vor, die Nacht bei mir zu verbringen und das taten wir auch, ich erwähnte, dass ich aber nichts zum Essen zu Hause habe.

Er packte seinen Rucksack mit einer guten Flasche Wein, etwas Brot, Butter und Eier. Somit ist das Frühstück zumindest gesichert, denn Sonntagmorgen wollten wir nach Bergedorf fahren, um dort eine Barkassenfahrt mitzumachen, mit Grünkohlessen an Bord, begleitet vom Shanty-Chor.

So fuhren wir mit dem Bus zu mir.

Während der Busfahrt erzählte Ulli von der Türkei und dass er sich dort einen ganz besonders kostspieligen, sehr großen Ring gekauft hat, der ihm Anfang des nächsten Jahres mit einem Boten angeliefert wird.

Wieder bravo, ein Ullimann, der sich selbst beschenkt.

Er schwärmte so sehr von diesem Ring und der dazugehörigen Geschichte, dass der Ladenbesitzer diesen großen prunkvollen Ring selbst trug, ein Erbstück.

Das regte eine Frau an, die uns gegenüber saß, ihre eigene Geschichte mit einzubringen.

Ich dachte nur, was für ein kleiner Ullimann, der sich selbst große Geschenke macht. Er schwärmt weiter und erwähnt, dass der Ring wie ein Papst-Ring aussieht.

Na bravo, mehr geht nicht mehr.

Die Frau im Bus ist schwer beeindruckt, ich nicht. Schließlich war ich schon im Vatikan und besitze Untersetzer mit Motiven aus der Vatikanischen Bibliothek. Auch habe ich mir dort eine Kette mit einem wunderschönen Kreuzanhänger, ebenfalls aus der Vatikanischen Kollektion, gekauft, aber für einen erschwinglichen kleinen Betrag. Die Kette wurde sogar im Vatikan gesegnet. Ich trage sie Tag und Nacht, aber nicht an einer goldenen Kette, sondern an einem einfachen Lederband vom Schuster.

Schließlich wohnt meine Freundin Stefania in Rom und sie arbeitet im Ministerium, der Konsul ist ihr Freund. Auch dort war ich zu Gast, und habe die erste öffentliche Bilderausstellung mit besucht.

Doch die Story mit dem Ring war interessanter, also schwieg ich.

Bei mir zu Hause angekommen, wollen wir zunächst eine DVD sehen, „Ziemlich beste Freunde", doch es gelingt uns nur schwer, wir landen schnell im Bett.

Später sehen wir uns den Film richtig an und danach landen wir wieder im Bett, fast bis zum nächsten Morgen. Der Sex funktioniert super und wir bringen uns beide gut ein. In dieser Nacht haben wir tolle Sachen ausprobiert, einfach genial. Wieder erlebte ich ein Erdbeben nach dem anderen und umgekehrt auch.

Ich konnte überhaupt nicht schlafen, in mir war alles so aufgewühlt, ein ziemliches Durcheinander, so hatte sich mein Tinnitus zurückgemeldet und Herzschmerzen gratis dazu, auch toll.

Aus diesem Grund schleiche ich mich früh morgens aus dem Bett und versuche mich zu beruhigen. Ich habe richtige Angst, einen Herzinfarkt zu bekommen, so geht das nicht weiter!!! Ich muss noch allerlei hier aufräumen und meinen letzten Willen unbedingt schriftlich niederlegen, bevor es zu spät ist. Ich habe noch so einiges vor, mit meinem Leben! Aber so langsam bekomme ich Angst um mein Leben.

Hinzu kommt natürlich die Sorge um meine schwangere Tochter.

Kaum habe ich mich beruhigt, schleiche mich zurück ins Bett, es geht wieder von vorne los - nicht der Herzschmerz, sondern der gute Sex.

Irgendwie können wir uns dann doch voneinander lösen und Ulli macht das Frühstück.

Ich kann mich überhaupt nicht konzentrieren und versuche mich fertig zu machen, indem ich mich dreimal neu ankleide.

Auf nach Bergedorf, die Sonne geht auf, ein wunderschöner Morgen. Bergedorf ist ein verschlafenes, wunderschönes historisches Städtchen. Wir schlendern durch die Gassen und am Schloss vorbei, wieder zurück zum Hafen, begleitet von den Kirchenglocken, die nur für uns läuten, so kommt es mir vor.

Und dann geht die Schifffahrt los.

Ich weiß nicht warum, aber er hat mir vorher die Eintrittskarten vor die Nase gehalten, sicher damit ich den Preis sehe, pro Karte 44,- Euro.

Das hätte ich niemals getan, denn bei einer Einladung, einem Geschenk, zeigt man nicht den Preis, lieber Ulli!

Ihm schmeckt das Bier an Bord und nach dem Schnaps beginnt er mitzusingen, klingt auch sehr gut. Seine Stimme hört man trotz des Shanty-Chores gut heraus.

Das Essen schmeckt und wir haben eine Menge Spaß an Bord, bis wir dem Ende näher kamen und ich Gott sei Dank sah, dass sich am hinteren Ende der Barkasse ein Ausgang befand, der an die gute frische Luft führte.

Endlich Ruhe! Es gab einige Sitzplätze und wir hielten uns eine Weile draußen auf, bis Ulli begann zu frieren und wieder hineinging, und wieder trank und mitsang.

Mir war weder zum Singen zumute noch konnte ich mich neben ihn an unseren Tisch setzen.

Er dagegen hatte immer mehr Spaß und wirkte sehr zufrieden und sang immer lauter mit, während ich draußen meine Tränen mit seinem Taschentuch wegwischte. Wieder bei dem Gedanken, dass ich nur für eine Nacht gut genug war. Ich hörte nur Abschiedslieder und wurde damit immer trauriger. Denn was ich verdrängte, war, dass ich abermals nur diese eine Nacht mit ihm hatte und er wieder eine Woche mit dieser Frau verbringen wird in Dresden, in ihrem

Bett. Die Fahrkarte hätte er schon geholt, na prima, das Drama wird zur Tragödie.

Applaus für die Männer, die keinen Arsch in der Hose haben, nur etwas anderes.

Damit begreife ich eigentlich erst, dass ich wieder nur eine Nacht mit ihm verbracht habe und er erneut für eine Woche nach Dresden fährt, zu ihr, um mit ihr die Oper und das Ballett zu besuchen, na super, einen riesigen Applaus. Vergiss die Blumen nicht!

Dennoch, in dieser wohl schlimmsten Tragödie, die ich je in solch einem Maße miterleben musste, scheint Ulli sich bessern zu wollen. Für sich oder für mich, hm? Er könnte nicht mit ansehen, wie ich leide, na toll. Das tut mir ja nun richtig leid. Er wolle nur noch diese eine letzte Woche zu ihr fahren, dann nicht mehr, außer mit mir gemeinsam nach Dresden, wieder bravo, Applaus.

Ich könnte mir gar nichts Besseres vorstellen. Aber wer um Gottes Willen applaudiert mir? Habe ich nicht Größe gezeigt, und dabei meine Schwäche vor ihm versteckt?

Bei diesem Gedanken ist es aus und vorbei in mir.

Er möchte noch mit mir zum Hamburger Dom, aber ich erfinde eine Notlüge und rette mich, indem ich sage, ich müsste wieder nach Eppendorf, meine Hilfe wird benötigt.

Ich rufe meine Freundin an und frage sie, ob ich bei ihr schlafen kann, denn ich wollte nicht mehr zurück, schon gar nicht in meine Wohnung und mein Bett vorfinden, welches ich nun auch nicht mehr sehen will. Diesmal mein eigenes, denn diesmal war ich die Frau, die mit ihm im Bett lag. Aber diesen Anblick mit Erinnerungen ertrage ich nicht.

Wir verabschieden uns. Wieder denke ich, Abschied für immer. Das Gefühl ist mir ja nicht unbekannt.

- Ich ertrage es nicht, dass er wieder mit dieser Frau zusammen sein wird.
- Ich ersticke an dem Gedanken, dass er wieder mit ihr in einem Bett liegt.
- Wieder hatte ich eine wundervolle Nacht, wieder denkt er nur an die andere Frau, zu der er für eine ganze Woche reist, für mich eine Ewigkeit.

Er sagt zwar, dass es dann vorbei ist. Er wird keine weitere Reise mit ihr oder zu ihr machen.

Ich denke aber, diese eine Woche ist eine Woche zuviel. Er hat mir soviel zugemutet, es geht nichts mehr in mich hinein. Mein Körper gibt so viele Notsignale, hoffentlich überlebe ich dieses Leid. Aber ich habe dieses Leid angenommen, die andere Frau bekommt davon nichts mit, wie gut sie es doch hat. Ist er wirklich gut genug für mich? Das klingt doch wie eine Dreigroschenoper.

Wie kann ich denn einem Ulli vertrauen, der doch sagt: „Wenn ich Schluss mache, dann ist Schluss." Was stimmt denn überhaupt?

Männer sind doch gute Lügner, vielleicht die besten Schauspieler?

- Ich habe einen Ulli kennengelernt, der keinen Arsch in der Hose hat, obwohl ich seinen Arsch sehr mag.
- Ich habe einen Ulli kennengelernt, der die Bilder einer Frau abnimmt und sie auch wieder aufhängt.
- Aber wenn ein Ullimann sagt, es ist Schluss, dann ist das auch so.
- Ulli ist ein Lügner und belügt sich selbst.

Wir winken uns noch zu, er fährt in die eine Richtung, ich fahre in die andere Richtung.

Ich helfe meiner Freundin, die sich über den Überraschungsbesuch freut, aber nach drei Stunden bemerke ich bei mir eine völlige Leere und Erschöpfung und fahre, anders als geplant, doch zu mir nach Hause.

E-Mail von Ulli Sonntag um 17:33

Betreff: *Liebe, Sehnsucht, Liebe*

Meine kleine Birgit,

ich danke Dir sehr innig für die letzten 24 Stunden, die ich mit Dir verbringen durfte.

Wir hatten eine Traumzeit. Schön und unwiederbringlich. Danke, Danke! Dafür küsse ich Dich auf, auf …

Gaaanz liebe Grüße, Dein

U.

## Montagmorgen 25. November

Endlich habe ich tatsächlich durchgeschlafen. Ach lieber Gott, mein Ulli ist mit solch einer Vorsicht zu genießen. Muss ich denn jedes Mal Angst haben, dass er sich umdreht und geht, falls ich mal ein falsches Wort sage? Selbst wenn ich gar nichts sage, es genügt vielleicht ein Blick, den er falsch deutet und weg ist er? Warum ist er so empfindlich, während ich dagegen großen Schmerz aushalten muss.

Ich habe sehr große Angst vor unserer Zukunft. Ich muss immer unter der Angst leiden, ihn wieder zu verlieren, nur wegen einem falschen Wort. Er ist zu empfindlich. Aber es ist nicht gut, diese ewige Angst zu haben, dass ich etwas Falsches sage oder mache, und das gar nicht bemerke. Ich kann ihn doch nicht für etwas loben, wenn ich es gar nicht meine?

Es beginnt schon damit, dass ich mit großer Vorsicht meine Worte auswählen muss, aber bei einem Menschen wir mir geht das gar nicht, denn ich sage, was ich denke, nicht immer, aber ziemlich oft. Ist ja schlimmer als mit einem verhätschelten Kind. Doch will ich ihn nicht verlieren, wegen eines Missverständnisses.

Muss ich ihm denn ab jetzt immer einen Freischein gewähren? Ihm stets das Gefühl geben, dass alles richtig ist, was er tut? Das möchte ich zwar gerne, aber ob mir das gelingt? Wenn ich einen Wein nicht mag oder etwas nicht essen mag, was er gekocht hat? Dann wird er sicher nie mehr kochen.

Himmel, Arsch und Zwirn, das wird nicht einfach.

Gestern Abend habe ich ihm am Telefon gesagt, dass ich die halbe Scheibe Butterbrot mit dem Spiegelei darauf so gerne kalt gegessen hätte, aber gesehen habe, dass er den Frühstückstisch abgeräumt und meine leckere halbe Scheibe Brot in den Müll geworfen hat. Ich erwähnte, dass ich kein Essen wegschmeiße, dafür würdige ich das Essen zu sehr. Und außerdem hätte ich dieses kalte Spiegelei am späten Abend gerne noch gegessen, und genau das hatte er schon wieder falsch verstanden.

Er sagte, dass er niemals so etwas kalt essen würde, das klang vielleicht steif. Er zeigte mir die Richtung - so etwas tut man nicht.

Der hat vielleicht einen Knall! Hätte er nicht einfach sagen können: „Es tut mir leid, ich habe nicht gedacht, dass du das am späten Abend noch essen würdest." Darauf würde er gar nicht kommen. Ich aber hatte nichts zu essen zu Hause und bekam Appetit, freute mich auf dieses übrig gebliebene kalte Spiegelei. Das kann ein Ulli nicht verstehen. Er hatte aber aus diesem Grund seinen Rucksack gepackt und für das Frühstück alles mitgebracht.

Vielleicht hatte er daran nicht mehr gedacht, dass ich gar nichts zu essen habe, denn er erzählte mir nun am Telefon von seinen Lieblings-Frikadellen, die er gerade essen würde, die so gut schmecken, dass sie süchtig machen. In dem Moment lief mir das Wasser im Mund zusammen, ich hätte ein ganzes Schwein essen können, so hungrig war ich.

Bei Ulli muss alles seine Ordnung haben. Er hat zu Hause vorgesorgt, dass er immer zu Essen hat.

Mir ist das alles nicht wichtig. Ich nehme mich nicht mehr wichtig, weil ich mit allem abgeschlossen hatte, bevor ich ihn traf. Und wenn ich Hunger habe, muss ich mir etwas kaufen, aber nicht vorsorgen.

Er ist überhaupt ein sehr ordentlicher Mensch, mit einem übertriebenen Ordnungssinn, obwohl das ja auch gut sein kann. Er suchte etwas in seinem Schrank und zog eine Schublade auf, da lag alles gut sortiert in kleinen Schachteln, etwas ungewohnt, aber irgendwie auch interessant.

Das ist also mein Ullimann, oh Schreck! Dann muss er doch Bauchschmerzen bekommen, wenn er bei mir aufwacht und meinen super beladenen Schreibtisch vor sich sieht. Dass ich noch 50 volle Umzugskartons im Keller habe, müsste ihm ja richtig Angst bereiten.

So ist das, zwei Menschen, völlig verschieden und doch richtig für einander, denn das Wesentliche ist stimmig und darauf kommt es doch an, oder macht Liebe blind?

Wir sind in der Anfangsphase und müssen uns erst kennenlernen, dass ist ja das Schöne, gegenseitig aufpassen, was dem anderen lieb und wichtig erscheint. Eine so schöne Herausforderung, das könnte eine wunderbare Aufgabe werden, ein Lebenssinn. Und genau das ist es doch - den anderen so zu respektieren, wie er ist.

Das heißt nicht, dass man alles hinnehmen muss. Wenn es einem selbst schadet, dann muss man es sagen und eine Lösung schaffen, das macht doch eine gute und zufriedene Beziehung aus.

Wenn ich an die Zeit mit meinem Mann zurückdenke - er hat mich auf Händen getragen, er las mir jeden Wunsch von den Augen ab, aber ich musste wirklich alles gut und genau vorher vorgeben und aussprechen. So konnte er das einkaufen, was ich wirklich wollte, auch die Rosen für mich, die richtige Farbe. Er brachte mir mein Parfum mit und meine Schuhe zum Schuster.

Aber eines war auch besonders gut für mich, mein damaliger Mann hat mir sämtliche Freiheiten gelassen, wie z. B. die Einrichtung, das Gestalten der Wohnung, des Hauses, einfach alles. Ich war diejenige, die sich um alles kümmerte, organisierte. Aber er wusste auch, dass ich einen eigenen, sehr bestimmten Geschmack habe, ob es um Geschenke ging oder um andere Dinge. Wenn er mir ein Geschenk machen wollte, dann fragte er mich und ich gab ihm meinen Wunsch preis, denn geheime Wünsche hat doch jede Frau, deswegen sollte man diese auch unbedingt erwähnen.

Jeder sollte ehrlich sein, dann ist das Leben einfacher.

Aber Ulli ist nicht mein ehemaliger Mann, Gott sei Dank! Denn der war ein Spieler und wenn er trank, hatte ich Angst. Und deswegen ist es doch so ein schönes Geschenk im Leben, wenn man seinen Partner, genauso wie ein Buch, Seite für Seite bzw. jede Geste, jede Mimik des anderen mit Neugier und Interesse aufnehmen kann. Nur so kann man lernen, einander zu schätzen. Aber Vertrauen und Respekt sind das höchste Gut! Sich öffnen gehört auch dazu.

Heute Morgen ist irgendetwas anders. Ich bin gelöster, das Gespräch, seine Einsicht hat mir geholfen, nicht mehr so sehr traurig zu sein.

Sowohl gestern Abend am Telefon als auch bei unserer letzten Begegnung hat er ziemlich oft gesagt, dass es das letzte Treffen mit dieser Frau sein wird, das letzte Treffen, dann ist er frei für mich.

Er hat das so oft erwähnt, dass ich fast Zweifel bekomme und mich frage, für wen macht er das jetzt? Für sich oder für mich.

Er sollte das doch in erster Linie für sich selbst tun, denn wenn ein Ulli sagt es ist Schluss, dann ist das so. Damit müsste er erstens glücklicher sein und zweitens will er mich glücklich machen und es soll doch nichts mehr von seinen Altlasten, seiner alten Liebe, unserer neuen Liebe im Wege stehen.

Also macht er das für unsere Liebe. Das nennt man Liebesbeweis, der aber leider sehr spät nachgeliefert wird, hoffentlich ist es nicht zu spät.

Warum fällt es ihm nur so schwer, eine eigene Entscheidung zu treffen? Ein Widerspruch zu dem, was er sonst macht. Ich werde natürlich nicht schlau daraus und aus diesem Grund habe ich Zweifel, ob da noch etwas ist, von dem ich nichts weiß.

Als ich fragte, wie diese Frau denn heißt, damit man nicht immer als „diese Frau aus Dresden" über sie sprechen muss, gab er mir zur Antwort, dass müsste ich nicht wissen.

Er hätte ihren Vornamen sagen können, ich wollte doch nicht ihre Adresse. Warum dieses große Geheimnis um diese Ex, die noch in seinem Leben vorkommt und viel mehr Zeit mit ihm verbringt als ich.

Ist er ihr vielleicht doch etwas schuldig?

Das klingt nicht nach Vertrauen, lieber Ulli. Du würdest dazu schlicht sagen, das geht mich nichts an, das ist aus und vorbei, denn wenn ein Ulli sagt, es ist vorbei, dann ist das so.

Wie gut, dass er jetzt nicht vor mir steht und genau das sagt, denn ich kann es nicht mehr hören. Ich wünsche mir, dass ich ihn besser verstehe, denn dann wird auch alles leichter für mich. Vielleicht sollte man doch mal das Tagebuch des anderen lesen? Zumindest um die Gedankengänge besser zu verstehen.

Wenn ich mir vorstelle, wir Menschen würden laut unsere Gedanken mit uns herumtragen, dann würde es zumindest in einer Partnerschaft keine Unstimmigkeiten geben, Menschen würden einander nicht mehr mit Worten verletzen.

Aber die Gedanken sind frei - ist das so? Gedanken gehören nur einem selbst, aber ist das auch hilfreich?

Also dieser Mann macht mich wirklich mehr als nur nachdenklich. Jetzt denke ich schon darüber nach, ihm meine Gedanken mitzuteilen, sie ihm anzuvertrauen. Hilfe, ich verblöde! Doch fühle mich immer noch verletzt, daran hat sich nichts geändert.

Ich weine heute Morgen nicht, das ist gut und sein Bild hebe ich auch wieder vom Boden auf und hänge es zurück an meine Lampe.

Falls ich diese Woche überlebe, wie wird es weitergehen?

Jetzt bekomme ich Angst. Ich kann ihm nichts bieten, nichts Materielles. Ich bin nicht die Frau, die mit ihm verreist und selbst bezahlt. Natürlich, wenn ich Vermögen hätte, wäre es mir egal, aber dem ist nicht so. Das heißt außerdem nicht, dass ich meine Reise selbst bezahlen würde.

Getrennte Kasse, wo gibt's denn so was.

Das ist doch genauso wie „unten rasieren". Ich erinnere mich an meinen Freund in der Schweiz, der sagte, dass würde er nur tun, um mitzuhalten. Nach dem Tennis würden ja alle so unter der Dusche stehen.

So tragen wir alle unsere Entscheidungen, manche machen sie von den anderen abhängig oder gucken einfach nur ab. Oder sagen, das ist gerade modern, da muss ich mithalten.

Ich mache das, was ich für richtig halte, denn ich treffe selbst meine Entscheidungen, das kann ich. Ist mein Ulli vielleicht nur vertrottelt und unsicher und benötigt eine Fibel zum Nachlesen? Wie benehme ich mich in welcher Situation von A bis Z. Ulli könnte das helfen.

Hoffentlich trifft Ulli für sich die richtige Entscheidung. Denn nur wenn er die richtige Entscheidung trifft, ist es richtig und gut für mich. Bin ich jetzt der Trottel? Mein Ullimann denkt bestimmt, er zeigt damit Größe, dass er ein letztes Mal zu ihr reist. Ich aber denke, dass ich Größe zeige, indem ich das dulde oder mitmache, sofern mir das noch ein zweites Mal gelingt.

Übrigens, Ulli sagt mir doch tatsächlich, warum er so eine blöde Mail am 21. November um 10:13 geschrieben hat: er hätte für einen Moment Zweifel gehabt. Ich hätte in der Mail vom 21.11. nicht *Liebling* geschrieben, sondern das erste Mal seinen Namen Ulli, das war der Grund es zu beenden, sonst nichts. Na toll.

Aber trotz alledem, Sex im Alter hört nicht auf, sondern wird immer besser und intensiver! Mein Ulli ist 24 Jahre älter als ich, wunderbarer Sex und so leidenschaftlich und ausdauernd. Aber sonst???

- Sex im Alter macht so frei, einfach nur himmlisch.
- Sex macht jung und wirkt wie ein Lebenselixier.
- Sex hilft auch sehr gut, Schmerzen zu vergessen.
- Sex statt Pille, könnte man auch sagen, einfach und genial.
- Jede Frau, jeder Mann hat geheime Wünsche und wenn diese in Erfüllung gehen, Halleluja.
- Jeder Mann möchte doch mal für einen Tag in die Rolle eines Playboys schlüpfen. - Mir fällt da nur einer ein, Deutschlands bekanntester Playboy Rolf Eden. Der sollte mal meinem Ullimann den Weg weisen.

Lieber Ulli, Stilberatung benötigst du nicht, aber ein Coaching von Mann zu Mann! Ein Fernseher ist einfach zu bedienen, da gibt es Knöpfe zum Ausschalten oder Umschalten.

Aber wie kann man einen Mann umschalten? Eine Frau will doch nicht zu ihrem Mann herabgucken. Wie ist das Problem zu lösen?

- Auf den guten Sex verzichten?
- Wünsche im Bett einfach wieder vergessen?
- Ein persönliches Treffen mit dem Playboy Rolf Eden?
- Männer haben etwas, was wir Frauen schätzen, warum sollen wir dann darauf verzichten?

Gute Gründe, nach einer Lösung zu suchen! Welche Frau macht das auch mit? Das hat nichts mehr mit Großzügigkeit zu tun, eher mit Blödheit. Hilfe!

# Glück und Leid und wieder Glück und Leid

Die erste öffentliche Szene, nicht in einem Filmdreh, sondern in der Realität.

Es ist Montag, der 25. November, ein so schöner Tag. Ich wache auf und endlich habe ich durchgeschlafen - kenne ich kaum noch, was für ein Geschenk.

Heute fahre ich nur zum Zahnarzt, der auch Ullis Zahnarzt ist, und mittags wieder zu meiner Freundin.

Warum fühle ich mich so erleichtert?

Ist doch klar, er wird es ihr sagen, das waren heute Morgen sofort meine Gedanken. Wie oft hat er mir das gesagt - nicht oft genug, denn das war sicher das erste Vernünftige oder besser Aufrichtige aus seinem Mund, was seine Freundin aus Dresden betrifft, deren Namen er nicht ausspricht, den ich nicht hören darf.

Na ja, wenigstens schon mal gut, dass er mich nicht mit ihrem Namen anspricht, wie immer der auch lautet.

Ich habe jedenfalls eine super gute Laune und hüpfe aus dem Bett, telefoniere noch mit Ulli und mache mich dann auf zum Zahnarzt.

Unterwegs noch schnell eine E-Mail an ihn, denn er sagte mir ja, dass er ganz oft in seinen E-Mail-Eingang schaut, ob ich ihm vielleicht geschrieben habe. Natürlich habe ich nicht erwähnt, dass es mir genauso geht.

Ach, es ist so schön, ich könnte die ganze Welt umarmen, auf der einen Seite. Warum nur auf der einen Seite? Ist doch klar, übermorgen liegt er wieder in ihrem Bett, nicht allein. Ich habe keine Ahnung, ob es mir nochmals gelingt, das durchzustehen. Aber nur mal angenommen, es würde mir gelingen, ihm das zu verzeihen, dann bin ich sehr über mich hinaus gewachsen. Dann bin ich eine Heldin.

Beim Zahnarzt verläuft auch alles gut, alles ist heute nur schön. Wieder in der U-Bahn, schreibe ich ihm rasch ein paar Zeilen.

E-Mail an Ulli Montag 25. November 12:25
Betreff: *Du bist toll*
Hallo Ulli mein Liebling,
Du bist ein toller Mann
und Deine Zahnärztin mag ich jetzt auch!
In Love
Birgit


E-Mail Antwort um 16:07
Mein lieber Schatz,
allzu viel der Ehre!
Ich finde Dich toll!
In Liebe Dein
U.

SMS an Ulli:
Hallo mein Liebling, ich sitze
schon im Bus, kannst mich gleich
in deine Arme schließen,
bis gleich mein Schatz

Aber ich bin eine Station zu früh ausgestiegen. Als ich dies bemerkte, sprang ich wieder in den Bus hinein und in dem Moment fuhr er auch schon los, Glück gehabt.

Ulli kommt mir an der Haltestelle entgegen und nimmt mich in seine Arme. Seine Erkältung ist nicht viel besser und darüber beklagt er sich zunächst.

Ich denke nur daran, dass er morgen an einem Auge operiert wird und trotz seiner Antibiotika eine Menge Alkohol trinkt. Ich, als Gesundheitsberaterin, halte mich zurück. Das, was ich zu sagen hätte, würde ein Ullimann sicher nicht hören wollen, also lasse ich es doch gleich besser sein. Geht mich nichts an, ist sein Leben.

Eigentlich hatte ich ihm heute Morgen am Telefon gesagt, dass ich ihn nur für eine Stunde am späten Nachmittag besuchen komme, auf einen Espresso, damit wir uns vor seiner Augen-OP am morgigen Tag noch einmal in die Arme schließen können.

Aber mein Ulli fragt mich, ob ich Lust und Hunger hätte, mit zum Jugoslawen zu gehen. Ich antwortete mit ja, obwohl ich hierzu keine Lust habe.

Wir gingen ziemlich schnellen Schrittes dorthin, es war schon dunkel und ziemlich kalt geworden. Es sei eine Art Stammlokal und er würde dort immer Scampi essen und fragte, was ich essen möchte.

Da ich die ganzen Tage so viel mitgemacht hatte, dachte ich, ich brauche mal etwas Kräftiges und wählte ein einfaches Rumpsteak mit Bratkartoffeln für 15,- Euro und las in der Speisekarte, dass es nicht teurer als sein Essen war.

Er bestellte für sich bereits ½ Liter Weißwein und ich für mich ein Glas Leitungswasser, denn ich war durstig. Er fragte mich nicht, ob ich mit ihm zusammen den Weißwein trinke.

Die Bedienung erkundigte sich, ob ich auch einen Sliwowitz trinke oder lieber einen Birnenlikör, ich wählte das Süße aus.

Ulli hatte sich noch nicht gemerkt, dass ich gerne Rotwein trinke und Weißwein nicht so mag. Er bestellte mir dann nur ein Glas, denn mehr wollte ich nicht. Eigentlich wollte ich beim Wasser bleiben, den Birnenschnaps habe ich nur probiert, ich trinke keine Schnäpse.

Der Chef oder Geschäftsführer guckte um die Ecke und Ulli machte Handzeichen, die ich zunächst nicht verstand. Später erklärte er mir, dass er dem Chef jedes Mal eine abgefüllte Flasche von einem sehr guten, selbst hergestellten Sliwowitz abkauft, wenn er welchen bekommen kann. Aber das wurde heute mit einem Kopfschütteln verneint.

Wir unterhalten uns zunächst über die Augen-OP am nächsten Tag, er muss aus diesem Grund für eine Nacht in der Klinik bleiben, aber er konnte mir nicht sagen, ob es sich um einen grünen oder grauen Star handelt. Ich müsste das doch wissen, schließlich hätte ich doch Erfahrung als Vitalberaterin, aber ich schwieg besser.

Dazu fiel mir ein Artikel aus dem Hamburger Abendblatt ein, es stand darin, dass in Hamburg der grüne Star die häufigste Erblindungsursache ist, und auch weltweit. Dem grauen Star sagt man das hohe Lebensalter nach. Obwohl sich beide begrifflich ähnlich sind, haben sie jedoch verschiedene Ursachen.

Und natürlich spielen Alkohol und Ernährung eine große Rolle, was denkt er denn? Und Wasser trinkt er auch nicht, soweit ich mitbekommen habe, dafür genug Mengen an Alkohol, so scheint es. Auch am Telefon spricht er davon, dass er sich eine Flasche Rotwein geöffnet hat. Dazu die körperlichen Anstrengungen, aber ich halte besser meinen Mund. Schließlich nimmt er seit 3 Tagen täglich 2 Antibiotika. Kaum zu glauben - Antibiotika und Alkohol einen Tag vor seiner Augen-OP.

Wir wechseln das Thema und natürlich spricht er von Reisen, seinen Reisen. Dass er für den ganzen Februar gebucht hat, durch die Staaten zu reisen, in einem Schlafbus, das sei sehr teuer.

Im selben Moment dachte ich daran, dass ich Ende Januar nach Heidelberg reise und vielleicht einer Wirbelsäulen-OP zustimme, und eventuell hinterher nicht mehr gehen kann und ihn nicht mehr sehen kann.

Ich schweige.

Ich würde ja so von Cornwall schwärmen, darum fragte er mich, ob ich mit ihm zusammen nächstes

Jahr eine Rundreise durch Cornwall mit einem Bus machen würde.

Daraufhin antwortete ich: „Nein."

Ich erklärte ihm, dass ich Cornwall liebe, schließlich wollte ich dorthin ziehen und dass ich einmal in meinem Leben eine vorgegebene Busreise mitgemacht hätte, das reicht. Aber ich kenne Cornwall sehr gut, es ist sehr schön dort. Ich habe im Januar meine letzte Reise dorthin unternommen. Aber ich habe keine Gelder übrig, und für eine vorgegebene Busreise schon gar nicht. Wenn ich nach Cornwall reise, dann will ich auch das machen, was ich machen will und nicht, was die anderen machen.

Ich erzählte ihm, dass meine Reisen gar nicht so teuer waren, obwohl ich immer sehr viel Wert auf ein gutes Haus lege und vor allem ein schönes Doppelzimmer für mich allein nehme.

Er war richtig verwundert, dass ich für mich allein ein Doppelzimmer buchen würde. Und nicht nur irgendein Doppelzimmer, sondern immer eines mit einem guten Ambiente. Hat ihn irgendwie erstaunt, was hat der denn von mir gedacht? Mein Ullimann ist gar kein Mann, eher ein geiziger Spießer. Wenn ich verreise, dann will ich auch Spaß haben und nicht rechnen. Das kann ich zu Hause machen, sonst muss ich doch erst gar nicht wegfahren.

Wenn ich mir nur einmal vorstelle, dass ich meinen Kaffee selbst bezahle, obwohl ich mit einem Mann ausgehe? Aber nicht mit mir! Eher schreibe ich einen Ratgeber für den Mann, damit er nachschlagen kann, in welcher Situation er was zu tun hat.

Auch wenn es nur ein einziges Treffen ist, sollte jede Frau das Gefühl zurückbehalten, dass sie etwas ganz Besonderes ist, denn die Erinnerung bleibt ewig, auch wenn es nur diese eine Nacht war.

Also Männer strengt euch an, nicht irgendwann!

# Das Leben macht mir Angst, nicht der Tod

Während des Essens sagt er tatsächlich, er würde mich dazu einladen.

Hä? Hätte er das nicht getan?

Und als ich dann nach genüsslichem Essen endlich fertig war, sagte er, dass er mit mir reden müsste.

So ginge das nicht, dass er immer bezahlt.

Ich dachte, ich bin im falschen Film, häää? Habe ich diese Aussage jetzt geträumt?

„Bist du so arm?", fragte ich.

Nein, aber er könnte nicht immer das Essen bezahlen!

Ich kannte nur eine Antwort. „Dann musst du allein essen gehen, ganz einfach."

Und ich ging zur Toilette. Ich konnte sein Gesicht leider nicht sehen, aber trägt er den Nachnamen Geiz? Irgendwie konnte ich das alles nicht für Ernst nehmen und erfassen, ich musste fast ein wenig darüber lachen, es war ja auch lächerlich. Das hier war doch gerade mal die dritte Einladung, na ja, er hatte Hunger.

Ich kam zurück und er beharrte weiter und weiter, wurde lauter und lauter, begann mir eine Szene zu machen. Wie ein alter Gockel, der sein junges Küken nicht mit durchfüttern kann.

Er bräuchte sein Geld für sich und im Übrigen hat er sich einen ganz teuren Ring bestellt und für den ganzen Februar eine Staatenreise gebucht, allein.

Aber damit meinte er ohne seine Freundin.

Denkt er, ich bin ein Tier? Dass er mich so behandelt? So etwas hat sich noch niemand mit mir erlaubt.

Aber das dachte ich nur und sagte ganz ruhig: „Natürlich sehe ich, dass du dich selbst gerne beschenkst. Du, mich interessieren diese ganzen Reisen nicht mehr. Ich habe das alles gehabt und das reicht mir. Ich gebe lieber ab, das macht mir mehr Spaß."

Ich erzählte ganz ruhig von einer Geschichte aus meinem Leben, dieser Moment wäre einer der schönsten Momente in meinem Leben gewesen.

Ulli antwortete mir mal auf meine Frage nach seinem schönsten Moment, das schönste in seinem Leben wäre das Jetzt.

Ich dagegen habe unzählige schöne Momente erlebt. Das passiert doch fast täglich. Ich erlebe immer etwas!

Und ich begann zu erzählen.

Ich kannte mal eine Familie, die sehr arm war, sie saß im Rollstuhl, er arbeitete für mich, beide schliefen in einer Garage, aber trotzdem beschenkten sie mich.

Nicht das Hier und Jetzt, sondern alle diese so schönen und wichtigen Momente machen das Leben aus, dafür bin ich dankbar. Ich habe sehr vieles erlebt und ich habe daraus gelernt, gelernt, dass man mit weniger viel reicher und vor allem glücklicher ist. Ich kann genauso gut mit sehr viel Geld umgehen. Wenn man es hat, sollte man es auch ausgeben. Ist doch ganz einfach! Egal wie, wenn es mir gut geht, kann ich auch den anderen Gutes tun. Ich brauche nichts mehr, ich habe genug und verschenke jetzt noch von dem Wenigen.

Er sagte, dass er mich beneidet, dass ich so denke.

Dann erwähnte er, dass auch er einen Freund besäße, aber der Weg zu ihm wäre weit, und sicher ist er sich doch nicht, mit diesem einen Freund.

Ich sagte daraufhin, dass ich eine Woche oder ein Jahr reisen würde, wenn es sich um echte Freundschaften handelt.

Der arme Mann ist allein, vielleicht ist genau das der Punkt, warum er sich so sehr an diese Frau in Dresden klammert.

Wieder und weiter ging es ihm um Geld, das müsste geklärt werden. Er kannte das nur so, dass man getrennte Kasse macht.

Im Normalfall hätte ich ihm sofort eine gepfefferte Ohrfeige geben müssen, aber irgendwie kann er mir nur leidtun. Zweimal waren wir Essen und Geschenke hat er mir nicht gemacht, bis auf Rotwein und diesen einen Korkenzieher, mit dem ich nicht einmal klarkomme und den ich auch nicht leiden mag.

Er ist 78 Jahre alt und hat nicht einen Freund. Seine verstorbene Ehefrau - die bezeichnete er als Freundin, wie traurig.

Aber wenn man nicht geben kann, wie kann man dann auch Freunde gewinnen? Ich würde für meine Freunde alles geben, genauso ist es umgekehrt, das ist gar keine Frage, sondern selbstverständlich.

Das war immer noch nicht genug, er nannte mich Bärbel. So wurde ihr Name also doch noch ausgesprochen.

Armer alter Mann, was bin ich doch reich!

Ihm kann man nicht mal einen Vorwurf daraus machen, er kennt das nicht anders. Mitleid ist das einzige Leid. Vielleicht sollte er mal ins Kloster gehen, damit er sich nicht mehr so wichtig machen kann, damit auch er mal sieht, dass es noch andere Menschen gibt, nicht nur ihn.

Er hat ja nicht mal wahrgenommen, dass ich jetzt nichts zu essen habe, bis auf Reis und Nudeln, was völlig ausreichend ist bis zum 1. Dezember.

Auch danach muss ich mit sehr wenig Geld auskommen, schließlich hatte ich gerade enorm hohe Kosten und dann ist das eben so.

Was sagte er vorhin, ich hätte so schlechte Augen? Natürlich weiß er, dass ich eine Brille trage, aber das ist auch alles. Er hätte den Blick dafür, dass meine Augen schlecht aussehen.

Ich frage mich, wer den schlechteren Blick von uns hat? Ich sehe, dass er mich krank macht. Ach, das stimmt auch nicht, ich bin ja schon unheilbar krank, mehr geht doch nicht, oder doch? Aber warum sollte ich darüber reden, wozu? Er redet doch so gerne über seinen so teuren Ring oder über seine so teuren Reisen.

Ich kenne Männer, die freuen sich, wenn sie ihre Frauen beschenken können, das macht sie glücklich.

Jeder, wie er es braucht. Er braucht das Geld für sich, dann ist doch alles gut ausgesprochen.

Ich konnte es nicht mehr hören und erzählte von meinem Mann, wie der mich vergöttert hat, und wie sehr ich ihn geliebt habe.

Perfekt war es trotzdem nicht. Aber was ist schon perfekt? Liebe vergibt. Es gibt immer Schlimmeres. Mir geht's doch gut. Vor allem habe ich gute Gedanken und immer Träume, auch wenn ich nicht alle ausleben kann, sie bleiben ein Teil von mir. Nur wegen des guten Sexes muss ich sein Verhalten nicht akzeptieren.

Als wir draußen waren, sagte ich ihm, wie unmöglich er mir da drinnen eine Szene gemacht hätte. Es tat ihm leid.

Ich erzählte ihm, wie ich meinen Mann kennengelernt habe, wie lange er um mich geworben, wie sehr er mich verwöhnt hatte, ich brauchte nicht zu arbeiten und er hat mich auf Händen getragen.

Aber es war nicht perfekt. Das muss es auch nicht sein, wenn man liebt. Aber respektieren muss man können, sonst funktioniert keine Partnerschaft.

Er sagte daraufhin, er könnte mir das alles nicht bieten, mit dem könnte er nicht mithalten.

Ich erklärte ihm, dass mein Mann ein Handwerker war, einfach und normal.

Ich kann mir vorstellen, dass Ulli, wenn er mir etwas schenkt, die Rechnung daneben legt. Ja, das hat er bereits so gemacht, mit der Grünkohlfahrt. Armer Mann! Was hat er überhaupt für Freude am Leben?

Seine Tochter meldet sich nicht bei ihm, die Enkel dürfen nichts vom Opa wissen, der Sohn war Alkoholiker und kommt nur mal mit seiner Frau zum Sattwerden, sonst ist da nichts, so seine Worte, als wir uns das erste Mal begegneten, nach dem Klavierkonzert. Ich erinnere mich auch, dass er erwähnte, seine Kinder zu enterben, das klingt nicht gut. Vielleicht ist er einfach nur allein, dass er sich so sehr in den Vordergrund stellt.

Ich trank trotz allem noch einen Espresso bei ihm und putzte meine Zähne. Er hatte mir eine Zahnbürste und ein hellblaues Handtuch hingelegt. Die Zahnbürste sah auf dem ersten Blick sauber aus, aber auf den zweiten Blick sah ich, dass sie benutzt war. Ich sagte ihm, dass ich sie wegschmeiße, denn ich hatte meine eigene dabei. Ihm erscheinen die unwichtigsten Dinge wichtig, vor allem Materielles, wie schade. Trotzdem ließ ich eine verpackte Zahnbürste zurück, die hatte ich beim Zahnarzt mitgenommen.

„Bedeutet das, du kommst wieder?", fragte er mich kleinlaut, fast etwas verlegen. Er wollte mich nicht gehen lassen.

Ich war froh, dass ich nicht die Zahnbürste von seiner Freundin benutzt habe, also sind meine Augen doch haarscharf! Nur der Gedanke daran, igitt.

Ich sagte ihm, wenn ich sein Bett sehe, weiß ich, dass er mit der anderen Frau darin gelegen hat und dann ist sicher die Stimmung dahin.

Die Stimmung war schon längst dahin.

„Begleite mich bitte zum Bus."

Er tat es, aber ich wäre auch durch den Wald gegangen. Angst habe ich nicht mehr. Was soll mir denn noch passieren? Schlimmeres geht doch gar nicht mehr. Vor äußerer Einwirkung habe ich keine Angst mehr, denn der innere Schmerz ist viel schlimmer, und vergeht vielleicht niemals. Das Leben macht mir Angst, nicht der Tod.

Übermorgen fährt er wieder nach Dresden und ich frage ihn, ob er bei seiner Freundin im Bett schläft.

Er antwortet mit „Ja".

Daraufhin frage ich „Hat sie ein Sofa in ihrem Haus?"

Die Antwort war ebenfalls ein „Ja".

Ja, dann wünsche ich Dir alles Gute für die OP und eine schöne Woche mit Deiner Freundin - hätte ich am liebsten ausgesprochen.

Ich fuhr mit dem Bus nach Hause, ich wollte nur noch allein sein. Zu so später Zeit hätte er mich begleiten müssen, oder mir ein Taxi bestellen. Aber ein Ullimann ist zu sparsam, weil er zuviel an sich denkt. Die Kleidung eines Gentlemans, aber sein Benehmen? Der weiß einfach nicht, wie man eine Frau auch außerhalb des Bettes glücklich macht, schade eigentlich. Denn ein Marathonläufer ist einfach genial beim Sex, was für ein Verlust.

Er ruft mich nicht einmal an, ob ich gut angekommen bin, hat also keinen Arsch in der Hose. Dafür rief ich ihn später an, schließlich wird er morgen operiert.

Das ist schon komisch, da versuche ich alles, damit er nichts von meinen irren Schmerzen, dem Leid mitbekommt und ich habe am Ende Mitleid mit ihm.

Wir können uns niemals sicher sein. Man weiß nie, was der Mensch, der uns gegenüber steht, tief im Inneren denkt, was er vielleicht als Kind erlebt hat, vielleicht ein glücklicher Mensch, vielleicht aber auch voller Leid. Ein anderer hat vielleicht ein großes Unglück erlebt und ist verschlossen, so sind wir Menschen alle so, wie wir sind, das ist gut so. Wir können einander akzeptieren und respektieren, der Respekt ist das Allerwichtigste im Leben, eine Grundlage. Und man kann das Leid auch mal ablegen.

Verzwickte Umstände haben mich jetzt sozusagen zum Täter gemacht, ich bin nicht mehr das Opfer.

- Wie lautet denn der Tatbestand? Durch Liebe leiden, das Glück dazwischen.
- Richter: Wie alt ist die Frau?
  Sie ist 54 Jahre alt und er 78 Jahre.
- Richter: Entweder 24 Jahre mehr Lebenserfahrung, oder zuwenig.
- Tatort: Rathaus, Klavierkonzert (1 Jahr später ) im Hinterzimmer.
- Tatzeit: Gleich danach.
- Grund/Motiv: Romantisches Abendessen, aber er wollte nicht mehr für sie bezahlen
- Auf welche Art und Weise?
- Das wirkliche Opfer hat Täter nackt eingesperrt, ein Raum mit nur Geld darin und rundum Spiegel.
- Richter: Wer ist eigentlich das Opfer?
- Die Geschworenen ziehen sich zurück und reden über Leid und Glück. Dann kommen sie mit ei-

nem Urteil zurück, und sprechen über das Leben und den leidigen Augenblick.

*Selbst entscheiden, das wichtigste Tun*
*Nicht davor ruhen, denn dann werden andere es tun*
*Freiheit, Halleluja*

Am Ende hat der schwarze Mann die Frau verloren. Er hat sie nicht verdient.

Die Liebe ist zum Greifen nah, warum sieht er das nicht und fährt zu einer anderen?

- Eine Frau sollte immer etwas ganz Besonderes sein
- Jede Frau sollte wie eine Königin behandelt werden
- Wer eine Frau traurig macht, hat sie nicht verdient
- Jede Frau muss geachtet werden, das Gefühl haben, dass sie wichtig ist
- Eine Frau will erobert werden, wie im Film, kitschig, aber wichtig
- Frauen haben Fähigkeiten und Begabungen
- Eine Frau zum Lachen bringen
- Liebe muss man auch erwidern können
- Wirklich gute Geschenke machen
- Sie zum Tanz auffordern, egal wo
- Wer das einhält ist ein Held
- Einer Frau Rosen schenken

- Eine Frau glücklich zu machen, sollte eine Lebensaufgabe des Mannes sein
- Glück dem, der es verdient hat

# Männer haben keinen Arsch in der Hose, manche doch

So scheint es, denn ich habe nicht einmal eine E-Mail bekommen, nichts. Warum entschuldigt er sich nicht bei mir? Er müsste wie ein Hund angekrochen kommen, oder nicht? Na klar!

Und was mache ich?

Wieder rufe ich ihn an und wünsche ihm viel Glück für die Augen-OP, erzähle, was ich den Tag über so mache und er soll mich doch nach der OP, wenn es geht, anrufen.

Danke, danke, danke und das Briefpapier hat er auch schon eingepackt, um mir zu schreiben, wie ich ihm das vorgeschlagen habe.

Ein Ulli, der sich so vergisst, sollte lieber mal zur Feder greifen und dabei gut nachdenken. Ein guter Vorsatz! Wenn es ihm wirklich um den Opern- und Ballettbesuch in Dresden geht, dann ist er ein Vollidiot. Aber vielleicht kommt diese Lüge, die dahinter steht, noch zum Vorschein.

Trotzdem denke ich an ihn und hoffe, dass er die OP gut übersteht.

Am Nachmittag sitze ich im Zug und fahre zu ihm, obwohl es mir selbst eigentlich nicht sehr gut geht. Es ist eine lange Reise. Währenddessen ruft er an, aber ich sage nicht, dass ich unterwegs bin.

Vom Bahnhof muss ich noch lange laufen, denn Busse fahren im Moment nicht. Es ist dunkel, es regnet und ich muss längere Zeit an einem Wald entlanggehen, fast unheimlich. Aber ich habe keine Angst, nur ein bisschen.

Angekommen in Ahrensburg in der Augenklinik, die wunderschön liegt, von Wald umgeben, suche ich das richtige Haus, dann sein Zimmer mit der Nr. 5. Als ich aber vorbeigehe, sieht er mich von der Seite bzw. von hinten und ruft „Birgit". Aber wie konnte er mich erkennen? Ich trug ein rotes Cape und einen roten Schlapphut, beides kannte er noch nicht. Umso mehr ist er überrascht, und was ich sehe, ist sein Briefpapier, auf dem er begonnen hat, mir zu schreiben. Er dreht es schnell um und legt es weg.

Ich hatte beschlossen, ihm und seinem Zimmergenossen vorzulesen, das tat ich. Ich nahm beide mit auf einen Segeltörn.

Ulli war sehr angetan und bedankte sich immer wieder, auch sein Zimmergenosse, ein sehr netter Herr.

Ulli hat kein Wort mehr über den gestrigen Vorfall erwähnt, ich schwieg auch.

Ich sage doch, Männer haben keinen Arsch in der Hose, keine Courage. Anstatt mich als Frau zu verwöhnen und zu achten, hat er mich wie ein Tier behandelt und das Schlimmste dabei ist, dass er das gar nicht mal selbst weiß.

Aber ich bin großzügig und lasse mir nichts mehr anmerken.

Im Gegenteil, er bringt mich durch den Park zum Bus, es ist dunkel, aber eine Lampe hängt über dem Fahrplan. Wir küssen einander und berühren uns, wie Teenager.

Ein junges Mädchen auf dem Rad kommt auf uns zu und ich sage aus Spaß: „Vorsicht, dass könnte meine Enkelin sein, wir Alten sind deren Vorbild", denn seine Hände waren unter meinem Cape verschwunden und beide waren wir erregt, mitten auf einer befahrenen Straße. Meine Hose, hauchdünnes Leder, ich spüre sein Streicheln.

Es hätte nicht viel gefehlt und wir wären im Wald verschwunden. Aber ich bin ja vernünftig, zumindest auf der befahrenen Straße.

Allerdings dachte ich auch über seine OP nach und eine Erektion könnte vielleicht Bluthochdruck bedeuten, das ist nicht gut, nicht nach einer Augen-OP, denn er hat schließlich eine offene Wunde, die zwar mit einer Augenklappe versehen ist, aber er braucht eine Nachruhe, aus diesem Grund muss er auch eine Nacht in der Klinik bleiben. Ein Samenerguss ist in diesem besonderen Fall eher nicht so gut.

Wieder denke ich an den morgigen Tag, an die Anstrengung der Reise zu ihr, der Frau in Dresden und dann höre ich, dass er erst Übermorgen verreist. Dann könnten wir morgen vielleicht …?

Später schreibe ich ihm dazu noch eine SMS.

SMS
Schatz, bitte frag den Arzt morgen, ab wann wir wieder aktiven Sex haben dürfen!
Du hast eine offene Wunde!
Knutsch und viele Küsse
Deine Birgit

Eine wirkliche Liebe muss jeden Tag wachsen. Ulli aber hat die große Liebe meiner Meinung nach noch nicht erfahren. Er hat mich zwar im Bett glücklich gemacht, aber sonst ist er doch mit Füßen auf mir herumgetreten. Und das Schlimme ist, dass er das sicher nicht mal weiß.

So ist der eine Teil meines Körpers glücklich, ich spüre Liebe und Gefühle in mir. Der andere, wesentliche Teil meines Körpers ist schwer verletzt, tief im Innern. Gott sei Dank, kann man das nicht sehen!

Er plant sicher schon wieder seine nächste Reise und ich bleibe auf der Strecke. Da lobe ich mir doch einen Rolf Eden, ein Playboy durch und durch. Ein Rolf Eden ist ein Gott der Frauen, denn er weiß, wie man sie glücklich macht und gut wäre es, wenn der Playboy einen Ratgeber für Männer herausbringen würde. Ich werde ihn einfach dazu fragen.

Also Männer und lieber Ullimann, die Hoffnung stirbt zuletzt, aber lebst du dann noch?

So habe ich wieder einmal erlebt, dass es Menschen gibt, die nicht fähig sind zu geben. Für mich ist das unvorstellbar. Wenn ich habe, gebe ich auch.

Ich kann mich nicht mal an ein Geschenk erinnern, keine Rosen. Nichts als dumme Sprüche und Tatsachen wie:

- Er zeigte mir die Rechnung vom Grünkohlessen an Bord, damit ich sehe, wie teuer es war.
- So geht das nicht, wir müssen reden! Ich kann nicht immer das Essen für dich mitbezahlen.

- Nach den Liebesnächten verreist er zu der anderen, weil er die Fahrkarte schon gekauft hat.
- Liebes, die Zahnbürste habe ich für dich hingestellt, aber er hat nicht gesehen, dass seine Freundin diese vorher benutzt hat.
- Für einen Moment denkt er, es ist vorbei und hängt die Bilder der anderen sofort wieder auf. Vielleicht, damit man das Loch vom Nagel in der Wand nicht sieht?
- Für einen Moment hat er meinen Namen vergessen und Bärbel gesagt.
- Ich habe ihn noch nie ohne Alkohol erlebt.

Eines dürfen wir dabei niemals vergessen: reden, reden, reden, ist sicher besser als sterben, innerlich. Wir alle verfügen über irrsinnige Kräfte in uns, wir müssen uns nur trauen, sie auch anzuwenden.

Willst du diesen Mann oder diese Frau ewig lieben und ehren? Bei diesem Satz geht es um ewig, um Sicherheit und Vertrauen. Ich vertraue auf das Gute im Leben, sonst wäre ich schon längst gegangen. Jeder von uns kann etwas Gutes tun, wir müssen es nur wollen.

Und Sex im Alter ist einfach toll! Sex und Erotik sind ein Lebenselixier und das macht auch noch Spaß. Aber der ewige Jungbrunnen kommt nur mit der Liebe!

Wer traurig und bitter schaut, der kann sich doch selbst nicht im Spiegel sehen!

*Zuerst liebe ich mich*
*Dann liebe ich auch Dich*
*Dann tanze ich zuerst für mich*
*Dann auch für Dich*

Verlieren werde ich nicht mein Gesicht, denn ich lächele hinein in den Spiegel und sehe mich! Wer sich nicht selber liebt, der ist verloren. Ich sehe die wunderschöne Welt da draußen und freue mich über jeden neuen Tag. Drum verschenke nicht nur Rosen, sondern ein Lächeln dazu. Ein liebes Wort und du machst den anderen reich.

**Brief**
*Hansdorf, 26. + 27.11.2013*

*Mein kleiner Liebling,*
*nach der Augen-OP versuche ich mich an diesem Brief. Mit dem linken Auge kann ich kaum sehen, denn die Brille kann ich wegen des Augenverbandes nicht aufsetzen. Hoffentlich kannst Du erkennen, was ich hier absondere.*
*Von der OP selbst habe ich nichts mitbekommen, es geht mir prima. Nach der Visite morgen werde ich wissen, wie es weiter geht.*
*Nach dem Abendessen hatte ich einen tollen Traum:*
*Ich habe einen Segeltörn mit meiner Liebsten gemacht. Einfach traumhaft! Als ich wieder an Land war, fand ich mich mit ihr an einer Bushaltestelle wieder. Traumhaft!*

*Jetzt wird eine Pause gemacht, weil ich keine Blinden-schrift beherrsche.*

*Ich hatte eine sehr gute Nacht. Mir wurde inzwischen die Augenbinde abgenommen. Es gibt einen leichten Schmerz auf dem Auge. Ich warte auf die Visite. Klar sehen kann ich mit dem operierten Auge nicht. Von der Visite hängt es ab, wie es weiter geht. Soeben sagt mir die Schwester, dass ich noch eine Nacht bleiben muss.*

*Nun zu uns, meine Liebste. Dass ich Dich sehr gern habe, dass ich mich in Dich total verliebt habe, hast Du wohl gespürt. Ich befinde mich in einer Übergangs-phase und gleichzeitig bei einem Neuanfang. In dieser Zeit der Übergangsphase bereite ich Dir sehr viel Kummer. Das ist in einigen Tagen vorbei. Um mein Leben auf eine neue Basis zu stellen erbitte ich Deine Hilfe. Es geht um uns beide. Selten geht ein Neuan-fang, ein Start, glatt.*

*Die Medikamente lassen eine ruhige Hand nicht zu. Alle paar Minuten kommt eine Schwester und tropft das Auge. Ich kann zwar jetzt eine Brille aufsetzen, aber ich sehe die Schrift immer noch leicht verschwom-men.*

*Ich spüre eine leichte Unruhe.*

*Als ich die pekuniäre Situation ausgesprochen habe, hast Du sehr betroffen reagiert. Welchen Nerv habe ich getroffen? Ich halte es immer noch für sehr sinnvoll dar-über zu sprechen. Ich gehe davon aus, dass wir irgend-wann gemeinschaftlich planen wollen.*

*Oder wie geht es weiter?*

*Ich sehe zwei Frauen in Dir: Eine voller Energie, die versucht, mir die Richtung zu zeigen. Die andere kratzbürstig und bissig. Wenn wir uns umarmen, bist Du wieder die wunderbare Frau, die ich liebe. Du schafft es immer wieder, mich aus dem Gleichgewicht zu bringen, dass ich ungern und unkontrolliert reagiere.*

*Sicher ist Dir nicht bewusst, wie ungehalten ich bin, wenn Du in meiner Wohnung kritisierst, dass z.B. meine Rotweingläser nicht gut genug aussehen, dass mein Badezimmerschrank Medikamente enthält, dass mein Espresso nicht schmeckt. Sicher nur Marginalien. In meinen Augen unangemessen.*

*Ich möchte schon gerne von Dir wissen, wie Du unsere kurzfristige Perspektive siehst. Wie es dann weiter geht, wird man sehen.*

*Ich muss jetzt eine Pause machen. Meine Hand ist unruhig, ich kann nicht mehr gut sehen.*

*Wir sind sehr glücklich miteinander, wenn wir uns umarmen. Dann spüre ich Deine Liebe, Deine Zärtlichkeit.*

*Ein wunderbares Erlebnis.*

*Ich kann nicht weiterschreiben.*

*mfg*

*Es liebt Dich Dein*

*U.*

Das ist ja unglaublich, was er schreibt. Auf jeden Fall werde ich ihm nicht sagen, dass ich seinen Brief schon aufgemacht habe, denn das muss ich erstmal verdauen.

Zuerst aber muss ich mein iPad fragen, welche Bedeutung das Wort Marginalien hat. Das bedeutet sicher Lappalien, Kleinigkeiten.

Das Wort Marginalien kommt aus dem lateinischen, abgeleitet von margo. Marginalien sind somit Randbemerkungen.

Aha, also darf man nichts sagen, nicht mal denken, aha.

Ich erinnere mich an die Weingläser-Ordnung. Denn ich habe alle meine Gläser, bis auf die aus Frankreich und ein Paar von den Partygläsern, verschenkt. Ich konnte ihm nur eins aus gutem Kristallglas anbieten, welches er für zu klein hielt und dafür eines meiner alten Partygläser von Ikea nahm.

Ich zeigte ihm dann mein Lieblingsglas aus Frankreich, sehr klein und eines aus England, antik und sehr teuer. Aber Ullimann nahm das größte, allerdings billigste und einfachste Glas von Ikea. Ich mochte daraus nicht trinken und nahm mein kleines Lieblingsglas.

Und als ich bei ihm war, stellte er ebenfalls ziemlich große Gläser, sehr modern, auf den Tisch und fragte mich, ob ich ein anderes Glas möchte? Natürlich sagte ich, das ist egal, aber ich suche mir auch gerne ein anderes aus. Es muss nicht unbedingt ein Weinglas sein. Mir ist das schon lange nicht mehr wichtig. Bei mir kommt es nicht auf die Größe an, sondern darauf, dass mir das Glas gefällt.

Allerdings schmeckte mir sein Wein nicht, vielleicht war das der Grund seiner Marginalien? Denn er betont zu oft, wie gut seine Weine sind. Ich mochte den Wein nicht, der war noch übrig von seiner Geburtstagsfeier, weiter erwähnte er dazu, dass sein Schwager sich nichts aus Wein macht, der könne keinen Unterschied schmecken.

Ullimann weiß aber wohl nicht, dass seine Birgit eine Feinschmeckerin ist und nur guten Wein trinkt. Ich ließ den Wein stehen und Ulli holte keine neue Flasche, das war bedauerlich. Aber eigentlich nicht für mich, ich kann auch Leitungswasser trinken, das schmeckte aber auch nicht gut.

Und zu seinem Espresso, na ja, die Tassen sind niedlich. Aber den Espresso mag ich wirklich Zuhause lieber. Ulli hat eine kleine Maschine, in die er Pads einlegt. Ich dagegen mache alles original auf dem Herd, so schmeckt mein Espresso intensiver. Das habe ich vielleicht erwähnt, aber seinen natürlich auch gelobt, vielleicht nicht genug?

Und zu seinem Badezimmerschrank, na ja, ich fragte ihn, warum er so viele Pillen schluckt, ob das wirklich notwendig sei? Ob er krank ist?

Also sind das doch nur Marginalien, unwichtige Bemerkungen. Also legt er jedes Wort auf die Goldwaage? Aber was ist mit ihm? Beschwert sich laut im Restaurant, dass er mit mir reden muss, damit er nicht immer das Essen bezahlt! Hä?

Oder noch viel schlimmer, er sagt mir ins Gesicht, dass er mit ihr zusammen in einem Bett schläft?! Hä?

Da kann ich nur sagen, lieber Ullimann, das sind keine Marginalien, keine Randbemerkungen. Das ist so, als tritt mich ein Pferd, nein, ein Elefant.

Oder dass mir der liebe Ullimann die Rechnung für die Grünkohlfahrt zeigt oder, oder, oder. Was ist nur los mit dem? Der benimmt sich ja wie ein kleiner, sturer Beamter. Pardon, das sagt man nicht?

Sicher habe ich nur ganz allein solche Erfahrungen gemacht? Ich bin mal großzügig und habe ein wenig Mitleid mit ihm und lasse mir nichts anmerken. Aber ich habe absolut keine Lust auf Marginalien oder sonstige Sprüche. Jetzt habe ich wirklich genug.

Und lieber Ullimann, es ist auch für dich besser, sonst könnte ich noch kratzbürstig und bissig werden, das wollen wir doch erst gar nicht riskieren. Kaum auszudenken, ein Hundebiss, und dann noch wegen einer Marginalie. Jetzt kann ich das Wort auch aussprechen.

Ich bin immer noch sprachlos, und doch muss ich darüber lachen. Ein Liebesbrief sieht eigentlich anders aus, darf ich aber nicht erwähnen. Das ist eher ein Beschwerdebrief. Mir ist die Lust auf Ullimann vergangen und ich fühle mich auch sonst nicht gut, hinzu kommt eine fieberhafte Erkältung.

E-Mail am 28. November in der Nacht um 03:02 morgens
Betreff: *Können uns heute leider nicht sehen*
Mein Liebling,
mir geht es nicht gut, ziehe mich heute zurück in mein Schneckenhaus.
Deine Birgit liebt Dich

Liebe macht frei und lässt Schmerz vergessen, denn das Gefühl sitzt tiefer als der Schmerz. Aber wie viel Schmerz kann ein Mensch aushalten? Wo sind unsere Grenzen?

Wie lange halte ich ohne Schlaf aus? Ich habe eher das Gefühl, dass in mir etwas zusammenbricht. Es ist nie zu spät, etwas zu ändern. Glück auf einem Unglück aufbauen, ist wirklich nicht klug. Aber eines weiß ich genau, wenn man etwas zurücklässt, dann bekommt man etwas Neues, vielleicht sollte ich mich daran halten?

Ich will ihn nicht sehen, ich bleibe lieber unter meiner Decke, schließlich bin ich krank. Sicher ist das die neue Marginalien-Erkrankung (smile).

Wie kann ein Mensch so sein? Mir wird schlecht, wenn ich nur daran denke, was er alles mit mir gemacht hat. Ich glaube es nicht.

Mein Fieber ist wieder zurück und ich versuche zu schlafen und nicht mehr an ihn zu denken, auf keinem Fall.


Das Handy klingelt und ich nehme blöderweise ab. Natürlich ist er es. Kaum will ich ihn vergessen, meldet er sich bei mir.

Und im nächsten Moment steht er vor meiner Tür.

Autsch, das ist nicht gut. Ich bin krank und will meine Ruhe! Seit Tagen habe ich nicht abgewaschen, zu Essen habe ich auch nichts, alles liegt herum und dann muss ausgerechnet Ulli kommen. Ich hatte ihm doch geschrieben, dass wir uns nicht sehen können.

Aber genau aus dem Grund ist er gekommen.

Er erzählt, dass er aus dem Krankenhaus wieder zu Hause angekommen ist, seine Mails gelesen und sich anschließend sofort auf den Weg zu mir gemacht hat. Für Blumen wäre es zu spät gewesen.

Ich hatte nur an das eine gedacht, dass er am nächsten Morgen wieder zu ihr reist, für eine ganze Woche, und Blumen hatte er bisher auch nicht mitgebracht – doch, das erste Mal, ein scheußlicher Strauß.

Irgendwie hatte ich die Schnauze voll, nicht nur einen dicken Hals. Es war so eine kühle Situation, ich lag im Bett und er saß darauf. Sein Mantel innen mit Pelz ausgestattet, er trug Hosenträger, das sollte sicher fesch aussehen.

Was will der von mir? Warum lässt er mich nicht zufrieden?

Er versuchte wieder über das Thema zu reden, dass er das letzte Mal zu ihr reist.

Ich dachte nur, das ist eine Reise zuviel. Er lässt mich hier krank zurück. Nein, vorher macht er mir noch eine Szene, dass ich mich am Telefon nicht gut benommen hätte, hä? Das ist nicht gut. Ich sagte ihm dann nur noch, dass er mir keine Rechenschaft schuldig sei, er sei ein freier Mann.

Er küsste mich nicht, ging ohne Abschied fort. Er ließ mir wieder ein Taschentuch zurück.

Ich weinte und weinte und weinte und mein Fieber stieg in die Höhe.

Und eine Ullimann-Taschentuchsammlung besitze ich jetzt auch noch.

Samstag 30. November

**Telefon:** Klingeling, klingeling, klingeling …

„Guten Morgen Birgit, habe ich dich wach geklingelt? Hier spricht Elvira."

„Nein, nein. Ich liege zwar im Bett, aber das bereits den dritten Tag. Meine Schmerzkrankheit ist mal wieder zu Besuch. Ich kann mich kaum bewegen, dazu ein dicker Hals, Fieber und eine Erkältung und mein Toilettenpapier geht heute bestimmt aus, aber ich schaffe es nicht raus."

„Soll ich kommen? Ich wollte zwar auch heute Abend ausgehen, wie dein Toilettenpapier, aber du gehst vor."

„Ha, ha, nein danke, meine Süße, ich habe noch genug Kleenex-Tücher. Und übrigens bist du in Hannover und ich in Hamburg."

„Na und, wo ist das Problem? Ich besitze einen schnellen Sportwagen und darin gute Musik."

„Das Problem heißt Ulli. Und als ich ihm schrieb, dass ich krank bin und meine Ruhe brauche, stand er vor meiner Tür, vorgestern."

„Dann kann dein Ulli dir doch Klopapier vorbeibringen."

„Ach Elvira, was glaubst du, wo er gerade ist? Er ist in Dresden bei seiner Freundin. Und jetzt sag mir nicht, da ist ja nichts zwischen den beiden. Das glaubst du ja wohl selbst nicht!"

„Bist du deswegen krank, Birgit? Dieser Scheißkerl! Der macht dich krank und wo ist er jetzt? Er

144

sollte bei dir sein, dir dein Klopapier besorgen. Und zu essen hast du bestimmt auch wieder nichts."

„Ja, du hast Recht. Entweder ist er gerade mit ihr in der Oper oder im Ballett oder im Bett. Und vorher wurde er am grauen Star operiert und musste zwei Tage im Krankenhaus bleiben."

„Du hast ihn sicher besucht?"

„Ja, es war kalt und nass draußen. Aber er hat nicht bemerkt, dass ich Schmerzen hatte. Und die Erkältung hatte er mir als Geschenk aus der Türkei mitgebracht. Nein, das war ein Geschenk von seiner Freundin, so war das eigentlich. Sie hätte diese Erkältung bereits von Dresden mitgeschleppt zu ihm, dann in die Türkei und er brachte sie wiederum mit zu mir."

„Sag mal, geht's noch?"

„Er hat gesagt, das ist die letzte Reise nach Dresden und wenn er jemals wieder dorthin fahren würde, dann nur mit mir."

„Sag mal, der spinnt wohl total? Was mutet der dir zu? Der trampelt ja wie ein Elefant auf dir herum. Hat er sich wenigstens mal nach deiner Gesundheit erkundigt?"

„Nein, kein Anruf, nichts."

„Du besuchst ihn im Krankenhaus, und er?"

„Stell dir mal vor, ich habe ihm und seinem Zimmernachbarn vorgelesen, die Geschichte vom Segeltörn. Und anschließend brachte er mich durch den Park zurück zur Bushaltestelle und wir haben uns befummelt, wie Teenager. Wir wären fast im Wald verschwunden."

„Hast du nicht gesagt, er ist 79 Jahre alt geworden?"

„Ja, und kein Hodenkrebs. Aber er ist 78 Jahre alt geworden. Im Bett ist er ein Hecht mit wahnsinniger Ausdauer, ein guter Liebhaber. Leider ist nur im Bett alles perfekt, der Sex ist voll ausgeprägt, fantastisch! Eben ein Marathon-Läufer."

„Du hast Nerven! Und nichts zum Essen, ich glaube, das ist Grund genug, um gleich loszufahren."

„Das ist noch nicht alles, er hat mir am Krankenbett ein Szene gemacht, und sich geweigert mich zu küssen. Das gab es noch nie."

„Was war denn los, erzähl."

„Ich hätte den Tag zuvor netter am Telefon sein müssen. Dabei hätte ich an dem Tag die ganze Welt umarmen können. Ich wurde als Hauptschöffin beim Landgericht angenommen, das wollte ich doch immer schon, aber hatte bisher keine Zeit."

„Ich gratuliere!"

„Als Schriftstellerin bin ich auch weitergekommen und die Zeitung veröffentlicht eine mehrteilige Geschichte über mich und mein neues Buch. Ich rief ihn mit meiner super Stimmung an und er hatte ein Problem, musste einen Tag länger im Krankenhaus bleiben, statt einem Tag eben zwei. Aber er hatte schon die Fahrkarte nach Dresden gekauft, die nicht billig ist, so seine Worte. Er müsste umbuchen, das sei sein Problem. Damit war meine supergute Laune dahin, und ich sagte, na ja, wenn das dein Problem ist. Daraufhin sagte er zu mir, ich wäre sein Problem. Ich antwortete nur, es tut mir leid, dass ich ein Prob-

lem für dich bin. Nein, so meinte er das nicht …
Mehr war da nicht, Elvira. Es ging einfach nur wieder
um diese Frau. Wir hatten erneut so eine schöne
Nacht und jetzt reist er zu der anderen, aber das letzte Mal, und er will ihr von uns erzählen. Das glaube
ich aber alles nicht, denn verhalten tut er sich nicht
so."

„Er behandelt dich wie den letzten Dreck. Kennst
du das Parfum Namens *Egoiste*? Ich glaube von Cha-
nel oder so. Das Parfum für den Mann! Verstehst
du?! Ich fahre sofort los und du schläfst solange. Ich
rufe dich an, wenn ich angekommen bin. Tschau
Birgit!"

„Tschüss Elvira und gute Fahrt, danke."

E-Mail am 3. Dezember morgens um 8:33
Betreff: *ich vermisse Dich so sehr*
Hallo mein Liebling,
gestern ist Dein Brief bei mir angekommen, aber
ich lasse ihn noch geschlossen.
Ich war so sehr abgelenkt durch unsere Liebe und
durch den Kummer, dass ich als Schriftstellerin
meiner Arbeit nicht nachkam. In den nächsten ca.
2 Wochen habe ich viel zu arbeiten und muss dazu verreisen. Ich kann keine Ablenkung gebrau-
chen und bin daher in dieser Zeit für niemanden
erreichbar.
Wir sind ohne Abschied auseinandergegangen,
ohne Kuss. Ich kam mir vor wie ein Hund. In der
Nacht hatte ich noch hohes Fieber und sah Dich
immer nur wieder in dem Bett mit Deiner Freun-

din. Wieder hatte ich eine Schreibblockade, jetzt habe ich mich etwas gefangen.

Ich muss meine Arbeit machen, meinen Vertrag einhalten. Wenn ich fertig bin, ich denke so in ca. 2 Wochen, dann melde ich mich bei Dir. Solange müssen wir jetzt durchhalten. Ich kann nicht aus Liebeskummer einfach meine Arbeit hinschmeißen, das wirst Du verstehen. Wenn Du mir Briefe schreiben möchtest, sehr, sehr gern. Aber ich werde sie erst öffnen, wenn ich mein Manuskript abgegeben habe.

Bis dahin …

Ich liebe Dich sehr!

Deine Birgit

E-Mail am 3. Dezember um 16:40 von Ulli
Betreff: AW: *Ich vermisse Dich so sehr*
Mein kleiner Liebling,

bin gerade angekommen. (Als total freier Mann). Aus Deinen Zeilen spricht großer Kummer.

Ich warte auf Dich, weil ich Dich sehr lieb habe. Dann werde ich Dich in meine Arme schließen und küssen, küssen, küssen …

Ich werde mich sehr freuen, wenn Du Dich nach dem Stress meldest.

Ich hab' Dich gaaanz doll lieb (sagt der Hamburger zu seiner Deern).

Ich grüße und küsse Dich

Ulli

# Danke Playboy Rolf Eden

Der Retter in der Not! Eine Reise nach Berlin und schon hat das Leben wieder Sinn. Ein Rolf Eden macht jede Frau zur Sexgöttin, das ist doch eine Reise wert!

Zunächst lese ich online in einer Berliner Zeitung über den Playboy Rolf Eden, das Leben ist schön ...

Vorher sah ich nämlich eine Dokumentation auf dem Sender „arte", weil ich nicht schlafen konnte, aus Ärger über diesen Brief von Ullimann, in dem nicht eine Entschuldigung vorkam, nur eine Anklage gegen mich, wegen Randbemerkungen, und dann noch *mfg*, so etwas Blödes.

Der Film mit und über Rolf Eden war grandios, ich war völlig abgelenkt und aus reiner Neugier stieß ich danach online auf eine Berliner Zeitung und las auch Kommentare zu dem Film. Dabei wurde ich meinen Kummer los und schwärmte auch von dem Playboy aus Berlin, Rolf Eden.

Irgendwie hat es mich getrieben, selbst einen Kommentar zu schreiben, was für eine tolle Ablenkung, ich tat es.

Und wenn das jetzt mein Ullimann lesen würde, dann wäre es bestimmt aus, denn das tut man nicht.

Aber Birgit tut genau das, und es bringt Freude und macht auch noch Spaß, einem Playboy zu schreiben, und was für einem!

## Kommentar: Rolf Eden, der ewige Jungbrunnen

Sehr verehrter Herr Eden,
wir kennen uns bisher nicht persönlich, auch nicht intim.
Ich sah Ihren Film auf Arte und hatte viel Spaß, den mir mein Partner nicht geben kann. Liebe im Alter ist viel schöner und intensiver. Die meisten Männer haben doch keinen Arsch in der Hose, manche doch. Wir Frauen bauen auf Sie und ich persönlich wünsche mir, dass es bald einen Ratgeber für Männer zu kaufen gibt, vielleicht als kleine Fibel. Ich habe davon gehört, dass so ein Nachschlagewerk bereits in Arbeit ist (smile).
Unsere Männer sind müde und faul, was die Liebe betrifft. Ein Rolf Eden sollte den Männern zeigen, wie man eine Frau glücklich macht. Sie sind das beste Vorbild, ein ewiger Jungbrunnen mit Charme und Witz. Der Gott unter den Liebenden, ein Playboy mit Stil, der es versteht, jede Frau glücklich zu machen.
Ist doch eigentlich ganz einfach, zeigen Sie unseren Männern, wie es geht.
Ich wünsche Ihnen weiterhin viel Glück und freue mich auf unseren Ratgeber!

Madame BE aus Hamburg

*Spieglein,*
*Spieglein, an der Wand*
*Wer ist der Liebesgott im ganzen Land?*
*Seht mal genau hin,*
*Playboy Rolf Eden gibt der Liebe einen Sinn*
*So warten jetzt alle Männer auf der ganzen Welt*
*Auf einen Ratgeber schlechthin*
*Denn dann macht die Liebe wieder Sinn*

## 10. Dezember

Endlich, ich bin wieder gesund, hurra. Ich muss die Wohnung aufräumen, morgen werden die Heizungen im Haus abgelesen.

Dabei fällt mir die Berliner Zeitung in die Hände, die ich einen Tag später gekauft habe, nachdem ich den Kommentar zu Rolf Eden geschrieben hatte. Ich wollte mich etwas über Berlin erkundigen, denn ich habe ja vor, ihn zu besuchen.

Kontakt habe ich bereits zu ihm aufgenommen, um mit ihm einen Ratgeber für Männer zu schreiben, mal sehen was daraus wird.

Zurück zur Berliner Zeitung, es ist schon spät am Abend und ich muss noch eine Menge abwaschen, trotzdem überfliege ich im Schnelldurchlauf die Zeitung und schmeiße sie dann in den Müll.

Da ich aber zwei Berliner Zeitungen gekauft hatte, las ich wieder Seite für Seite im Schnellstil durch, als könnte ich noch etwas Interessantes darin finden, und dabei passiert etwas Unglaubliches. Ich stoppe, als ich das Wort *Heiraten* in Fettdruck großgeschrieben lese.

Weiter links daneben, aber unter *Bekanntschaften*, fällt mir eine Telefonnummer auf und ich werde neugierig. Wer gibt denn seine Handynummer an? Sicher hat der dieses Handy nur für die Damenwelt, wer weiß.

Mann, 60er, aktiv, kreativ, humorvoll,
sinnlich, finanz. abgesichert, alles da –
außer einer Frau zum kuscheln, leben und lieben,
sucht jüngere schlanke Frau
für erotisch-sinnliche Beziehung und mehr.
Handynummer

Meine Augen wollen sich nicht abwenden und ich lese seine Annonce ganz durch, ein zweites Mal und dann rufe ich einfach an …

Er ist Unternehmer und total nett, schon bald wollen wir uns in Berlin treffen.

### Wenn du deinem Glück begegnest

*Wenn es dir begegnet, so halte es fest*
*Dann ist es dein, für alle Zeit*
*Es steht nicht immer bereit*

*Aber, wenn du nicht danach greifst*
*Dann ist es auch nicht dein Glück*
*In diesem Fall, zieh dich zurück, von dem Glück*

*Denn es ist nicht für dich bestimmt*
*Du hast es gestohlen*
*Vielleicht wird sich ein anderer dieses Glück dann holen*

**Brief**

(an Birgit von Ulli, das Briefpapier mit einem Wappen darauf)

10. Dezember 2013

Mein allerliebster Schatz,

mir ist ja bekannt, dass du zurzeit keinen Kontakt wünschest, aber ich habe große Sehnsucht nach Dir.

Mir ist es in letzter Zeit nicht so gut gegangen. Die Husterei bin ich noch nicht los. Nach der Augen-OP habe ich vergessen, die Augentropfen mit auf Reisen zu nehmen. Folge: Entzündung des rechten Auges. Ich habe mich ein paar Tage hingelegt. Jetzt geht es aber langsam wieder aufwärts. Durch das Antibiotikum habe ich eine starke innere Unruhe. Meine Handschrift kann ich mit den veralteten Brillen kaum lesen. Daher auch dieser Weg, der Brief, am Computer geschrieben. Vor Mitte Januar brauche ich gar nicht erst zum Optiker zu gehen.

Mein kleiner Liebling, die Zeit ohne jeden Kontakt zu Dir ist höllisch. Wo ich auch bin, überall spukt mir die Birgit durch den Kopf. Mann kommt dann ins Grübeln. Wie mag es ihr ergehen? Freut sie sich auch auf ein Wiedersehen? Ich mag ihren Körper gerne umarmen, mag sie das auch? Ich mag gerne ihren Körper riechen, wenn er so schön nach Frau duftet, mag sie das auch? Ich mag ihren Körper gerne streicheln, mag sie das auch? Ich mag gerne bei ihr Duschen und dann Frühstücken, mag sie das auch?

Räumliche und zeitliche Trennung ist für keine Gemeinschaft förderlich. Man hat aber dann die Muße, nachzudenken. Mir war unter anderem nicht deutlich, wie wehe ich Dir mit der Dresden Arie getan habe. Meine Schwester hat mir so vernichtend den Kopf gewaschen, dass ich erst dann richtig begriffen habe, wie ich Dich verletzt habe. Ich bitte Dich um Nachsicht für den Riesentrottel. Ich gehe davon aus, dass wir nun harmonischer miteinander leben werden. Ich liebe Dich, ich umarme dich.

mfg
Dein
U.


E-Mail 11. Dezember um 11:28
Betreff: *Sehnsucht*
Wichtige Mitteilung:
Ganz große Sehnsucht!!!
Viele Küsse von
U.


E-Mail 13. Dezember um 09:30
Betreff: *Küsschen, Küsschen ...*
Jeden Tag ein Küsschen ist auch Liebe.
Dein
U.

E-Mail 15. Dezember um 19:19
Betreff: *Liebe, Kuss, Liebe...*
Wenn du aus Deiner Enklave kommst,
gibt es Liebe, Küsse, Liebe …
Dein
U.

Natürlich ist es an der Zeit, auch Ullimann mitzuteilen, dass wir uns nicht wiedersehen. Aber der hat
mich so lange warten lassen, jetzt lasse ich ihn wenigstens noch eine Woche zappeln. Vielleicht bekommt er solch eine Chance niemals wieder, einfach
mal über sich selbst nachzudenken.

Und im Übrigen habe ich gar keine Zeit! Ein
Termin in Berlin schon nächste Woche ist bestätigt
und ich treffe dann Deutschlands bekanntesten Playboy Rolf Eden persönlich, wow. Meine Gedanken
gelten jetzt nur ihm.

Welchen Hut trage ich?

Aber das ist noch nicht alles. Am selben Tag treffe
ich mich auch mit dem netten Unternehmer aus der
Zeitungsannonce, denn miteinander telefoniert haben
wir schon sehr oft. Wie gut, dass er seine Handynummer einfach mit angegeben hat.

Und bevor ich es vergesse, sollte ich unbedingt Ullimann eine E-Mail schicken, denn er weiß noch gar
nicht, dass ich ihn nicht wiedersehen will.

E-Mail an Ulli
Betreff: *Habe lange nachgedacht*

Nach wirklich langem Nachdenken habe ich beschlossen, Dich nicht wiedersehen zu wollen. Vielleicht, wenn eine Zeit vergangen ist.
Birgit

Nein, diese E-Mail schicke ich nicht so ab. Ich warte noch damit, wer weiß, wie er dann reagiert? Solange ich damit warte, habe ich auch meine Ruhe. Ist doch ganz klar, oder? Und ich sollte dann schreiben: *mfg* - mit freundlichen Grüßen, statt Küssen.

E-Mail 17. Dezember um 13:17 von Ulli
Betreff: *Liebe = Zukunft*
Mein lieber, kleiner Schatz,
Herr Storm hat gesagt:

So komme, was da kommen mag!
Solang Du lebest, ist es Tag.
Und geht es in die Welt hinaus,
Wo Du mir bist, bin ich zu Haus.
Ich seh Dein liebes Angesicht,
Ich seh die Schatten der Zukunft nicht.

Heute hat er mir aus der Seele gesprochen.
Ich küsse Dich.
Dein
U.

Mittwoch 18. Dezember

Heute ist es soweit, ein Treffen mit Deutschlands bekanntestem Playboy Rolf Eden in Berlin - und Ullimann habe ich dabei ganz vergessen.

Feine Lederhose, Wollmantel mit Pelzkragen, dazu brauner Schlapphut und im Gepäck eine Menge Mut.

„Ich bin Vorsitzende Ihres Hamburger Fanclubs", so könnte ich mich vorstellen, aber nein. Er weiß, dass ich als freie Schriftstellerin komme und mit ihm eine Fibel für Männer schreiben möchte.

Alles Weitere wird sich sicher ergeben.

Eine Zahnbürste habe ich immer dabei. Man könnte sagen, ich befinde mich gerade auf den Spuren von Rolf Eden.

Angekommen in Berlin, fahre ich durch die Königin-Elisabeth-Straße Richtung Olympiastadion, weiter zum Busbahnhof.

Ja, ich habe mich für den Bus ab Hamburg entschieden, das ist eine gute Reisemöglichkeit und wirklich sehr bequem.

Hallo Berlin, ich komme. Auf nach Wilmersdorf, aber kaum bin ich aus meinem Bus ausgestiegen, frage ich mich zunächst Richtung U-Bahn durch.

Am Kaiserdamm stoppe ich, als ich vor einem Orientalischen Restaurant und Café stehe. Es riecht so gut. Zeit habe ich, natürlich gehe ich hinein. Mache mich etwas frisch und bestelle ein Kännchen Minztee und frage nebenbei die Bedienung, ob sie Rolf Eden kennt.

Die Antwort kam spontan. Zuerst erzählt die hübsche junge Dame, dass sie Angie heißt, genauso wie die Merkel, fügt sie hinzu. Und Rolf Eden kennt jeder hier, ihre Mutter hätte immer sehr gerne seine Lokale besucht und heute ist er Großbesitzer von Immobilien. Die junge Bedienung zeigte damit gute Erinnerungen, die ihre Mutter betreffen. Sie selbst ist zu jung, sodass sie seine weltweit bekannten Lokale nicht besuchen konnte.

Aber ich erkundigte mich ebenso in Hamburg und erfuhr auch dort von den verschiedensten Menschen, dass sie alle Rolf Eden Achtung und Respekt nachsagen. Manche der Männer sagten mir auch, dass sie nur für einen Tag mal in die Rolle des bekannten Playboys schlüpfen mögen. Jeder möchte mal so ein Liebhaber wie der Eden sein, der Gott der Liebenden.

Männer, genauso wie Frauen, bekamen ein Funkeln in den Augen, wenn sie sich nur mal solch eine erotische Affäre vorstellten. Über Amore spricht man ja für gewöhnlich nicht, aber über Träume schon.

Und da es mir hier in diesem Orientalischen Restaurant so richtig gut geht, bestelle ich mir noch etwas zum Essen.

„Einmal Betingan-Mehschi bitte", eine gefüllte halbe Aubergine mit Rinderhackfleisch, dazu leckerer Reis. Habe ich das jetzt richtig ausgesprochen?

Vielleicht bin ich doch aufgeregt, denn Bauchgrummeln habe ich schon etwas. Zum Schluss eine heiße Milch mit orientalischen Gewürzen und Zimt.

Die warme Milch bekommt meinem Magen gut und schmeckt auch sehr lecker.

Hoffentlich rieche ich jetzt nicht orientalisch aus dem Mund, nun ist es zu spät.

Die Sonne scheint - natürlich, wenn Engel auf Reisen gehen. Ich sehe Hinweisschilder nach Tegel zum Flughafen, geradeaus ins Zentrum und weiter zum Tiergarten, links nach Spandau.

„Sie müssen in Richtung Pankow fahren", sagt mir ein junger Herr vor der U-Bahn-Station am Kaiserdamm.

Ich erinnere mich an Udo Lindenberg, das Mädchen aus Pankow, aus Ostberlin.

Und schon stehe ich vor dem Automat in der U-Bahn-Station und ziehe ein Kurzstreckenticket für 1,50 Euro. Das Entwerten habe ich allerdings vergessen. Nach zwei Stationen steige ich aus, denn ich lese, dass es auch hier in die Wilmersdorfer Straße geht.

Ich werde mir zunächst ansehen, wo das Büro ist und dann fahre ich mit der U 9 in Richtung Tiergarten, denn ich habe zwei Manuskripte in der Tasche und zwei Adressen von Verlagen, die in der Nähe vom Tiergarten sind und mich erwarten. Vom Kaiserdamm bis zur Bismarckstraße sind es nur zwei Stationen und ich gehe ja gerne zu Fuß.

Die U-Bahn ist ganz anders als in Hamburg, urig. Man sitzt nebeneinander, eben wie die Hühner auf einer Stange. So rückt man näher und stellt nicht, wie in Hamburg, das Gepäck auf den Nebensitz und sagt „Hier ist besetzt". Berlin ist freier und ungezwungener, das gefällt mir. Ein Herr im eleganten Anzug sitzt neben mir und liest den Berliner Tagesspiegel. Ein weiterer sitzt auf der anderen Seite, trägt rote Schuhe und eine rote Krawatte, sieht gar nicht mal so schlecht aus, die Krawatte.

Angekommen, stehe ich auf der Wilmersdorfer Straße. Es ist eine autofreie Fußgängerzone und eine unendliche Einkaufsmeile. Es ist nicht weit zum Kurfürstendamm. Die Wilmersdorfer Straße ist eine der ältesten Straßen Charlottenburgs, die berühmten Arcaden mit ihren guten Fachgeschäften. Und schon bin ich in einer von Licht durchfluteten, geschwungenen Ladenstraße, mit einer sehr schönen Architektur. Sicher ein guter Treffpunkt. Beim Shopping kommt hier bestimmt niemand zu kurz.

Ich komme etwas ins Schwitzen, aber somit auch Farbe ins Gesicht. Männer machen mir unterwegs Komplimente, auch das ist angenehm.

Wie ferngesteuert bleibe ich vor einem Juweliergeschäft stehen und kaufe mir ein Paar Ohrringe, obwohl ich doch eigentlich pleite bin. Aber diese Ohrringe sind so schön, die muss ich einfach haben. Der Preis stimmt auch, Glück gehabt. Ich habe schon sehr lange nach genau solch einem Paar Ausschau gehalten, bisher immer vergebens. Nun trage ich sie, ein tolles Gefühl. Jetzt fehlt mir noch ein passender Ring dazu, aber den lässt man sich von einem Mann schenken, ist doch klar.

Ich habe solange herumgebummelt, dass es nur noch zwei Stunden sind bis zu unserem Termin. Sollte ich meinen Lippenstift noch mal nachziehen? Sitzt mein Hut noch richtig? Ich bin schon etwas aufgeregt und jetzt bekomme ich auch noch Kaffeegelüste.

Aber zuerst gucke ich nach der richtigen Hausnummer, damit ich das Gebäude auch gleich finde.

Als ich das schöne Haus endlich entdeckt habe, zieht mir auch schon Kaffeeduft um die Nase. Ich folge dem Duft und komme auf ein kleines, hübsches Café zu. Ich bin gerade mal 2 Minuten in Richtung Ku'damm weitergegangen, vielleicht treffe ich Herrn Eden dort sogar, möglich ist alles.

Das kleine Café erinnert mich an Paris, am liebsten würde ich draußen Platz nehmen, aber es ist zu kalt, teilweise sogar glatt auf den Fußwegen. Das Angebot der Torten ist sehr groß, ich entscheide mich für ein Stück Marmorkuchen mit Schlagsahne und Kaffee. Ich genieße und los geht's, gestärkt und zufrieden.

Ich habe immer noch ein wenig Zeit und bummele vergnügt an den Schaufenstern entlang. Und genau an der Straßenecke, an der ich die Straße wieder überqueren will, bleibe ich vor einem Antikladen stehen. Die Auslage mit Gold und Silber blendet mich, und ein besonders schöner, großer, aber nicht auffälliger Ring strahlt mich an. Wie ferngesteuert drücke ich auf die Klingel und werde hineingelassen. Und im Nu sitzt der Ring auf meinem Finger, wow. Der ist so wunderschön und ich möchte ihn nicht wieder abnehmen, als gehöre er zu mir.

Der Ladenbesitzer freute sich mit, denn auch er bemerkte die Harmonie zwischen dem Ring und mir. Nach langem Bestaunen erzählt mir der Besitzer, dass der Ring aus Privatbesitz stammt und er könnte noch ein wenig den Preis reduzieren. Er würde einen Wert von 6.000 bis 7.000 Euro haben, aber er darf ihn für 4.600 Euro anbieten.

Ich wollte den Ring gar nicht mehr abnehmen und sagte ihm, dass ich es mir überlege, jetzt könnte ich ihn leider nicht mitnehmen. Daraufhin ging er mit dem Preis runter auf 2.000 Euro.

Ich dachte nach und sagte, dazu gehört auch ein Mann, denn ein Mann sollte der Frau solch einen Ring schenken, dann hätte er noch einen viel größeren Wert.

Der Ladenbesitzer erzählte von seinem Geschäft, wie viel Spaß er in seinem Laden hätte und dass sein Beruf ihm sehr viel Freude machen würde, dann bot er mir Ratenzahlung an.

Ich verließ den Laden, ohne Ring, leider.

Aber in meinen Träumen wird er weiterhin existieren und wer weiß, vielleicht besitze ich ihn doch eines Tages.

Ich bin viel zu aufgeregt und auch neugierig, sodass ich zuerst in Rolf Edens Büro gehe. Die Sekretärin verwöhnt mich und lässt mich in seinem Privatmuseum verweilen. Ich bin überwältigt, so etwas habe ich noch nie zuvor gesehen, einfach nur gigantisch. Ob es Auszeichnungen sind, Fotos, wie z.B. mit Rolf Eden und Dirigent Sir Simon Rattle, auch viele weitere Prominente und Schauspieler.

Ich bin sehr beeindruckt, obwohl ich ihn nicht mal gesehen habe, den Multimillionär, Geschäftsmann, Frauenheld und Nachtclubbesitzer, eben Deutschlands letzter Playboy.

Rolf Eden ist nicht nur mit den bekanntesten Schauspielern der Welt zu sehen, er hat selbst auch in über 35 Filmen mitgewirkt.

Ich sollte doch etwas Süßes essen, Schokolade beruhigt und davon liegt hier eine Menge herum. Meterlang Pralinés, einfach alles, was man sich denken kann, und eine rote Chaiselongue.

Ein Blick in den Spiegel, ich sehe noch ganz gut aus, elegant und vielleicht etwas mondän. Mein Hut aus den USA, der Mantel aus Italien, die Stiefel aus London, mehr erzähle ich nicht. Also mache ich der Damenwelt sicher keine Schande.

Werden wir in seine Villa fahren? Kommt er mit Chauffeur?

Und dann erscheint er, ein großartiger, gut aussehender, charmanter Herr in einem langen blauen Kaschmirmantel. Wir verschwinden sogleich - und das ist alles, was ich der großen Welt da draußen mitteilen kann.

Kennen Sie das „N° 1 Eau de Parfum pour femme" von Rolf Eden? Ein Parfum für die Frau, ein Klassiker schlechthin, eine Verführung pur …

Und dann bin ich als die glücklichste Frau der ganzen Welt, tanzend, zurück nach Hamburg geschwebt. Schon bald sehe ich ihn wieder.

Meine Träume sind wieder gut, also war diese Entscheidung richtig klug.

Berlin bei Nacht, und das alles habe ich mir nicht ausgedacht. Meine Freundinnen und Freunde wollen jetzt alle wissen, was sie an ihren Partnern missen. Doch ich bleibe geheimnisvoll, denn dieser Mann ist einzigartig und toll. Jetzt sagt die Dame mit viel Mut und dem braunen Hut nur noch „Adieu".

Eigentlich muss ich mich an dieser Stelle bei Ulli-mann wirklich mal bedanken. Denn hätte ich ihn nicht kennengelernt und wäre ich nicht so enttäuscht gewesen, dann hätte ich nicht Deutschlands bekann-testen Playboy Rolf Eden kennengelernt.

Und weiter hätte ich nicht auf die Annonce aus der Berliner Zeitung reagiert und noch einen interes-santen Mann kennengelernt.

Also war die Begegnung mit Ulli doch eigentlich gut, wenn ich jetzt so die Folgen bedenke, denn oft kommt es anders, als man denkt.

Und noch etwas Gutes hat dieses Ende, Ullimann muss sich keine Gedanken mehr über Randbemer-kungen machen und er muss nur für sein Essen be-zahlen, also ist es auch für Ulli ein gutes Ende. Er ist ein freier Mann.

Und ich habe eine richtige Entscheidung getrof-fen, zum richtigen Zeitpunkt. Juhu, hurra, ich denke wieder klar und diese Geschichte ist wirklich wahr.

mfg – (smile) Mit freundlichen Grüßen kann ich dieses Kapitel schließen.

### Die Freiheit siegt

Oft muss es erst soweit kommen,
dass man das Leben wieder neu sieht

Die Freiheit siegt
Das Leben einfach nur liebt

Hurra, dazu sage ich einfach nur ja
Ich habe mich schon längst entschieden

Ein Leben ohne Ullimann
So kann ich wieder lachen
Und allen Blödsinn machen

Und wenn es mir mal wieder nicht so gut geht,
reise ich zu Rolf Eden

Wir werden sicher nicht nur reden

Er ist nicht nur geheimnisvoll
Sondern auch leidenschaftlich

Temperamentvoll
Einfach nur toll

Juhu, lala, dazu sage ich immer ja

Die Freiheit siegt, wer liebt

**Brief**
(an Birgit von Ulli, das Briefpapier wieder mit einem Wappen darauf und am Computer geschrieben)

vom 17. Dezember 2013

Mein allerliebster Schatz,

leider muss ich Dir wieder in dieser Form schreiben. Wie Du weißt, ist meine rechte Hand durch den Hundebiss nicht mehr richtig einsatzfähig. Sie macht manchmal beim Schreiben, was sie will.

Ich freue mich schon jetzt, Dich bald wieder in meine Arme nehmen zu können. Es kann ja nicht mehr lange dauern. Durch unsere lange Trennung hatte ich viel Zeit über uns nachzudenken. Das bedeutet aber auch, dass ich immer an Dich denke, Du gehst mir einfach nicht mehr aus dem Kopf. Kein schlechtes Zeichen, oder?

An unseren letzten Abend habe ich natürlich auch denken müssen. Nicht nur Du hast Dich wie ein Hund gefühlt, ich auch. Deine Worte „du bist ein freier Mensch und kannst machen, was du willst, und bist mir keine Rechenschaft schuldig" waren genauso wie „Hau ab", fühlten sich an wie Messerstiche. Wenn man mich nicht gut behandelt, werde ich bockig. Deswegen bin ich gegangen, ohne ein Wort. Erst als ich draußen war, wurde mir bewusst, dass Du wegen Dresden in gereizter Stimmung warst. Wie ich Dir gesagt habe, musste ich ein letztes

Mal nach Dresden. Es ging mir nicht nur um den Opernabend und den Ballettbesuch, wie ich es Dir gesagt habe.

Jahrelang war Dresden mein Lebensmittelpunkt. Nicht nur wegen der Frau. Ich hatte dort einen größeren Freundeskreis, überwiegend ältere Leute. Aus diesem Freundeskreis sind in den letzten Wochen eine alte Dame und zwei ältere Herren gestorben. Da ich Dresden nicht wieder besuchen werde, habe ich mich rundherum verabschiedet. Ich denke, unter Freunden ist das angebracht. Ich habe versucht, mit Dir darüber zu sprechen. Aber bei dem Stichwort Dresden hast Du sofort geblockt. Ich habe wieder einmal einen Schnitt in meinem Leben vollzogen. Dass Du Fieber hattest und krank im Bett lagst, daran hatte ich in dem Moment nicht mehr gedacht, als ich mich von Dir angegriffen fühlte, wegen Dresden. Vielleicht ist es ja auch nicht gut bei Dir angekommen, dass ich bei dieser Frau mit im Bett lag. Ich habe mich jetzt erst daran erinnert, dass Du mich gefragt hast, ob sie ein Sofa hat und ich antwortete mit ja. Das gefällt Dir sicher nicht.

Es heißt zwar „Frohe Weihnachten", aber die Weihnachtszeit kann auch melancholisch machen. Von den Kindern hört man nichts. Nach über siebzig Jahren werde ich wieder mit meiner Schwester Heiligabend zusammen sein. Ich habe sie und ihren Mann zum Essen bei mir eingeladen. Nach dem Essen werde ich Einiges vorlesen. Weihnachten mit dem Rest der Familie.

Meine liebe, kleine Birgit, ich hoffe, dass ich vor Weihnachten noch von Dir höre. Wenn nicht, wäre ich sehr traurig, aber dann ist es eben so. Du sollst jedoch wissen, dass ich Dich sehr gerne habe. Bis zum nächsten Mal bin ich Dein

U.

Noch schnell ein kurzes Telefonat, das Treffen mit dem netten Unternehmer aus der Zeitungsannonce abgesagt. Wer sich mit einem Rolf Eden trifft, braucht keinen anderen Mann mehr zu treffen.

Rolf Eden, ein Gott der Liebenden. Was für ein Frauenheld, jetzt bin auch ich von Kopf bis Fuß auf Eden eingestellt.

E-Mail an Ulli
Betreff: Kein Betreff
Lieber Ulli
Ich möchte Dir mitteilen, dass ich einen Mann in Berlin kennengelernt habe, der weiß, wie man eine Frau glücklich macht. Also mach Dir keine Sorgen um mich, mir geht es gut.
mfg
Birgit

P.S.: Der Sex mit Dir war aber okay!

Diese wahre Geschichte ist ein wirklich gutes
Theaterstück, so die ersten Kritiker.

The Straight Story ist ein Drama mit Happy End!

# Die Autorin

**Birgit Herwig** wurde 1959 in Hannover geboren. Sie führte in Hannover eine naturheilkundliche Praxis für Vitalität und Lebensberatung. 2011 verkaufte sie ihre Praxis aus gesundheitlichen Gründen und lebte für 1 Jahr in ihrem Haus an der Nordsee, in dem Fischerdorf Carolinensiel, hinterm Deich und schrieb dort den zweiteiligen Roman: „Aussteigerin erzählt", der demnächst erscheint. Seit 2012 lebt die Autorin in Hamburg. Ihre Liebe gehört der Grafschaft Cornwall im Südwesten Englands.

2010 erschien ihr erstes Buch
*„Ratgeber aus der Naturheilkunde für Jedermann"*
ISBN: 978-3940063328

2013 erschien ihr zweites Buch
*„Literarische Ausfahrt" Einsteigen, mitfahren und lesen!*
ISBN: 978-3849503710 (auch als E-Book erhältlich)

Beide Bücher erschienen auf der Frankfurter Buchmesse und haben für gute Presse gesorgt. Eine Autorin, die sich was traut. Sie hat vieles selbst erlebt und
schreibt darüber, genauso wie sie aktuelle Themen
verarbeitet. Mal wandert sie mit dem Rucksack quer
durch Irland und Cornwall, oder fährt mit ihren
Freundinnen in einem Transporter in wenigen Tagen
durch 5 Länder. Da kann man nur sagen, Abenteuer
pur.

Sie haben Interesse an meiner Arbeit und möchten meine **Projekte unterstützen**? Sehr gerne. Nehmen Sie mit mir Kontakt auf, ich freue mich.

Ich besitze einen Koffer
voller Geschichten und Ideen
Unterhaltung – Ratgeber – Gedichte –
Lyrik und Poesie

Eine **Einladung** und **noch kein Geschenk**? Kaufen Sie meine Bücher, damit unterstützen Sie meine Arbeit. **Danke!**

Demnächst:
- Ein Leben mit Fibromyalgie
  Tägl. Rückenschmerz
  Angst vor Demenz
  Und wie stets mit Depressionen?
- Ratschläge für Männer
  Schnelle Hilfe für unterwegs
- Aussteigerin erzählt
- 7 Tage Cornwall im Januar
- Auf nach Italien mit Mutti und ihrem Rollator Ferrari
- Mit dem Auto von Hannover nach Istanbul
- Hörbücher: Märchen und Kurzgeschichten
- Kochbuch einfach gesund und vieles mehr …

Herzlich Willkommen auf meiner Homepage
www.birgit-herwig.de

Mein Buchtipp:

**Rolf Eden**
Immer nur Glück gehabt:
Wie ich Deutschlands bekanntester Playboy wurde

Verlag Bastei Lübbe, ISBN 978-3785724576

**Rolf Eden** wurde 1930 in Berlin geboren. Mit 3 Jahren wanderte er zusammen mit seinen Eltern nach Palästina aus. Im Alter von 27 Jahren kehrte er zurück nach Berlin, wo er heute noch als erfolgreicher Geschäftsmann wohnt und von sich sagen kann, dass er Berlin in sein Herz geschlossen hat. Mit 27 Jahren eröffnete er seinen ersten Jazzclub. Eden sorgte immer für neue Attraktionen, vom Old Eden Salon bis hin zum Varieté. Eden hatte sein eigenes Paradies geschaffen. Er ist als Schauspieler bekannt, genauso als Musiker und natürlich als Deutschlands bekanntester Playboy.

Rolf Eden ist ein Unikat, wie es in seinem Buche steht. Ein Mann, der nichts Schlechtes sagen kann. Immer positiv eingestellt. Man könnte sagen, wer Rolf Eden kennt, oder sein Buch liest, fühlt sich besser.

Auch seiner Automarke Rolls-Royce ist er immer treu geblieben, genauso hält er es mit der Liebe zu den schönen Damen. Rolf Eden trägt blond und hat immer gute Laune.

Sein Motto: Liebe macht frei

Er hat in über 30 Filmen mitgespielt und wurde 2012 auf der Berlinade für den Deutschen Filmpreis: „The Big Eden" nominiert. Eden sorgte früher genauso wie heute für große Schlagzeilen und er lässt sich dafür immer wieder etwas Neues einfallen, einfach fantastico!

### Glücklich ist der, der das Glück annimmt

Amore ist doch immer schön
Seht nur hin

Und wer daran nicht mehr glaubt
Dem schreibe ich einen Ratgeber
Schlechthin ein sehenswertes Ziel
Wer das noch will

Dann macht die Liebe wieder Sinn
Seht einfach nur mal hin

Bald schlagt Ihr eine Fibel auf
Für jede Frage eine Antwort darauf

Zum Schluss ein Dankeschön
Meinem edlen Ritter in der Not
Rolf Eden

Der hoffentlich wird noch lange leben!

Playboy Rolf Eden schreibt über das Glück
Sicher kommt es bei dem einen oder anderen auch bald zurück

Liebe ist, was Du daraus machst

So wünsche ich Euch allen viel Glück
Liebe und Friede kehre zurück!

Zeitfracht Medien GmbH
Ferdinand-Jühlke-Straße 7
99095 Erfurt, Deutschland
produktsicherheit@kolibri360.de